MARIE DES BREBIS

DANS LA MÊME COLLECTION

JEAN ANGLADE
La bonne rosée
Le parrain de cendre
Les permissions de mai
Une pomme oubliée
Le tilleul du soir
Le tour de doigt
Qui t'a fait prince ?
Les ventres jaunes
Le voleur de coloquintes

MARIE-PAULE ARMAND
La courée
La courée (2) (mars 93)

GEORGES J. ARNAUD
Les moulins à nuages

GILBERT BORDES
Le roi en son moulin
Le porteur de destins (juin 93)

CLAUDE CHOURCHAY
Jean des Lointains

GEORGES COULONGES
La liberté sur la montagne (juin 93)

MICHEL DAMIEN
Raymond Pin, vingt ans dans la forêt

ADRIENNE DURAND TULLOU
Le pays des asphodèles

JOËLLE GUILLAIS
La Berthe

JEANINE HENRY-SUCHET
La fontaine couverte

DENIS HUMBERT
La Malvialle (juin 93)

ROSELYNE LAËLE
Marie du Fretma

JACQUES MAZEAU
De l'autre côté de la rivière

RAYMONDE MENUGE-WACRENIER
Zabelle

CLAUDE MICHELET
Cette terre est la vôtre
Edmond Michelet, mon père
J'ai choisi la terre
La grand muraille
Rocheflame
Une fois sept
Des grives aux loups
Les palombes ne passeront plus
L'appel des engoulevents

ANNIE MURAT
Le servan

MARIE ROUANET
Nous les filles

MARIE ROUANET/ HENRI JURQUET
Appollonie

CLAUDE SEIGNOLLE
Le diable en sabots
La malvenue
Marie la Louve
La nuit des Halles (avril 93)

CHRISTIAN SIGNOL
Les amandiers fleurissaient rouge
Antonin, paysan des Causses
Les cailloux bleus
Les chemins d'étoiles
Marie des brebis
Les menthes sauvages
La rivière Espérance
Le royaume du fleuve

DENIS TILLINAC
L'hôtel Kaolack
Maisons de famille
Un léger malentendu

CHRISTIAN SIGNOL

MARIE DES BREBIS

Récit

SEGHERS

ISBN 2-266-03759-5

L'âme rurale a en elle toutes les fondations; elle est riche de toutes les successions. Elle accumule sans détruire jamais. Elle contient toutes les origines et tous les résultats. Elle siège au-dessus de cet entassement de dépôts sacrés; et c'est du sommet de cette colline qu'elle contemple les voies nouvelles.

GASTON ROUPNEL.
Histoire de la campagne française.

A toutes celles et ceux qui, comme Marie, ont connu le temps des lavoirs et des feux de Saint-Jean.

1

ON m'a trouvée endormie au milieu des brebis, là-haut, un jour de grand soleil, au pied d'un genévrier. C'était à l'automne de l'année 1901. Je me suis demandé souvent qui m'avait couchée là, sur un lit de mousse blanche, entre les baies sauvages, et je n'ai jamais su le jour exact de ma naissance. Il y avait une feuille de papier glissée entre la couverture de laine et ma peau, où quelqu'un avait écrit : « Elle s'appelle Marie. » C'est pourquoi on m'a longtemps appelée « Marie des brebis ».

Celui qui m'a trouvée, lui, s'appelait Johannès. C'était le pastre de Maslafon, un hameau perdu dans les bois de chênes, là-bas, sur les collines, à trois lieues de Rocamadour. La grèze[1] où il gardait son troupeau se trouvait à moins d'une lieue du hameau. Aussi n'y revenait-il que tous les deux ou trois jours, pour les provisions. Il m'a gardée et m'a nourrie au lait de brebis. Je n'ai jamais su pourquoi. C'est vrai qu'il était un peu original, Johannès : il parlait à la lune, la nuit. Peut-être aussi avait-il besoin de compagnie, ou alors son chien ne lui suffisait pas. En tout cas, il m'a emmenée dans la bergerie au milieu des brebis — chez nous, sur le causse du Quercy, on dit « brebis » et non pas « moutons » : moi, je trouve que c'est plus joli,

1. Lande d'arbustes et d'herbe rase.

même aujourd'hui encore, à quatre-vingts ans passés, tandis que ma vie s'achève et que je bois un peu de soleil sur mon banc, en attendant de m'endormir du sommeil dont on ne se réveille que dans les bras du bon Dieu.

A propos de sommeil, je n'ai jamais si bien dormi que dans la paille des bergeries et l'odeur chaude des bêtes. Sans doute parce que c'est là que j'ai passé mes premières nuits, veillée par Johannès et son chien noir à pattes blanches. C'était un peu comme si je n'étais pas sortie du ventre de celle qui m'avait abandonnée. Je ne lui en ai jamais voulu, la pauvre femme ; de ma vie, je n'ai souhaité de misères à quelqu'un. Je suis comme ça. On disait de moi : « Marie, c'est de la mie. » Et c'était vrai. Peut-être parce que, malgré tout, j'ai été heureuse pendant ces premiers jours de ma vie durant lesquels Johannès me portait sur son dos dans un sac attaché autour de ses épaules, comme je l'ai vu faire aujourd'hui à des femmes aussi bien qu'à des hommes... Les pauvres.

Quand il est revenu au mas, le maître lui a dit :

— La petite, à l'Assistance ! On n'a pas le droit de la garder.

— Moi, je la garde.

— Si tu la gardes, tu es libre.

— Je suis libre, a dit Johannès.

On est partis le lendemain, lui, moi et son chien. Oh ! pas bien loin. C'était un homme de confiance, estimé de tous, un bon pastre qui connaissait le causse à merveille, les endroits où tombait la foudre, les rares points d'eau, les plantes pour guérir les bêtes. Il était grand et fort, avec une barbe et des yeux noirs comme l'eau d'un puits, mais sa voix était calme et douce. Il était vieux, déjà, peut-être dans les soixante-dix, mais vigoureux encore et sûr de lui. Il parlait peu. Il aimait le causse comme je l'ai aimé toute ma vie, les combes, les plateaux, les grèzes, les garennes et les chênes des collines qui griffent le ciel bleu. Il piégeait dans les combes les perdreaux et les lièvres qu'il faisait rôtir sur les braises d'un four de pierre sèche, pour se changer un peu du pain et du fromage. La nuit, souvent, il parlait à la lune, à genoux, les bras écartés, comme un crucifié : « Lune, lune, pape lune, donne-moi de l'eau de lune et bénis-moi ! » Mon Dieu qu'il me faisait peur ! Il me semblait que de grands yeux, là-haut, nous regardaient et que quelqu'un allait venir nous chercher. Et puis je m'y suis habituée, quand j'ai été un peu plus grande et que j'ai compris que c'étaient des prières de son invention.

Un soir, à la nuit, on est arrivés au Mas del Pech, un domaine planté au sommet de la colline, à moins d'un kilomètre de Fontanes-du-Causse. Johannès connaissait le maître, un M. Bonneval, chez qui il avait été valet autrefois.

— Qu'est-ce que tu portes là ? lui a demandé l'homme.

— Ma fille.

— Tu as une fille, toi ?

— Elle s'appelle Marie, a dit Johannès, personne ne peut me la prendre.

La femme de Bonneval est arrivée et s'est mise à m'embrasser comme du bon pain. Elle s'appelait Augustine. C'était une femme qui aimait beaucoup les enfants et qui n'avait pu en avoir. Comme on était aux portes de l'hiver, il n'y avait pas beaucoup d'ouvrage, surtout pour un pastre. « Dormez cette nuit, on verra clair demain », a dit l'homme, qui, lui, s'appelait Alexis. Le lendemain, ils ont beaucoup parlé avec Johannès parce qu'ils voulaient lui faire dire qui était ma mère. Lui, il s'est contenté de répondre que j'étais sa fille et que si on le voulait pour pastre, il fallait me prendre aussi. Augustine a fini par convaincre son mari. Pour elle, j'étais un cadeau du ciel. Alors ils nous ont gardés, et ils ont été ma première famille, celle que je regrette aujourd'hui d'avoir perdu trop tôt... Dieu que c'est loin tout ça !

Du Mas del Pech, qui coiffait une colline égratignée de pierres et de genévriers, on apercevait Fontanes, un joli bourg aux maisons serrées autour d'une petite église, sur la route de Figeac à Montfaucon. Les alentours, c'étaient des bois de chênes nains, quelques champs de blé noir, de la rocaille à perte de vue, des *gariottes*[1] sur les coteaux exposés au midi. On menait les brebis dans les travers déboisés, les garennes, les grèzes à l'herbe rase grillée par le soleil. Sur le plateau, les perdrix piétaient vers les vignes hautes qui donnaient un vin au goût de pierre, râpeux sur la langue, et qui laissait dans la bouche comme un parfum de violette.

En ce temps-là, on vivait de peu, surtout de soupe de pain et de crêpes de blé noir ou — plus rarement — de froment. On était économe de tout, sauf de sa peine. Pour la viande, il y avait le cochon que l'on tuait en janvier, un agneau prélevé sur le troupeau, et du gibier. Toutes les maisons, alors, étaient lourdes et trapues, couronnées d'un pigeonnier, couvertes de tuiles rousses tirant vers le brun, avec peu de fenêtres. L'été on avait très chaud, l'hiver, très froid. On tirait l'eau du puits, parfois de la citerne. On la faisait couler du seau à travers un godet dans l'évier taillé dans la pierre. Dans le cantou, on brûlait du bois de chêne, celui qui sent si bon la mousse et la feuille d'automne. Pendant les mauvais jours, on restait là, *accouadis*[2] près de la cheminée, grillés devant, gelés derrière, des rêves plein la tête et les yeux éblouis.

Bien avant la Noël, cette année-là, Augustine Bonneval a souhaité me déclarer à la paroisse et me faire baptiser. Johannès a d'abord refusé, parce qu'il avait peur qu'on m'enlève à lui. Et puis il ne croyait à rien, sinon à ses brebis, aux herbes et à la lune. Augustine s'est tellement fâchée qu'il a fini par accepter. Augus-

1. Cabanes rondes en pierre sèche.
2. Alanguis.

tine a expliqué au curé de Fontanes d'où je venais, et, comme c'était un brave homme, il m'a reçue dans son église et m'a donné le sacrement de bon cœur. Johannès, lui, a toujours refusé d'aller à la mairie me donner son nom. Il aurait préféré m'emporter au bout du monde plutôt que risquer de me perdre. Alors on a continué à m'appeler Marie des brebis. Ça m'était bien égal. J'étais trop petite pour me rendre compte qu'on ne peut pas vivre sans nom. J'avais chaud, je mangeais à ma faim ; j'étais bien.

Au moment de mes premières dents, Augustine — elle me l'a raconté plus tard — a frotté mes gencives avec de la cervelle de lièvre, afin qu'elles deviennent bien douces et ne me fassent pas souffrir. C'était l'usage. Elle a aussi pris soin d'éviter de laver mes langes en plein air, afin qu'aucun oiseau ne les survole. C'était ainsi, croyait-on, que les enfants « attrapaient » l'*ouselado,* une maladie qui leur donnait des fièvres et des boutons dont il était très difficile de les débarrasser. Augustine n'ignorait rien des usages de l'époque et les respectait tous avec scrupule. Elle était née un vendredi saint et avait la réputation de guérir les maladies de ventre. Je crois bien que c'était vrai : on venait la voir de loin en charrette : Séniergues, Caniac-du-Causse, Lauzès ou Livernon. Elle avait un sort, et malgré tout, la pauvre femme, elle n'avait pas pu avoir d'enfant. Comme quoi le Bon Dieu nous donne le bon et le moins bon et il faut savoir l'accepter si l'on veut être heureux.

Dès que j'ai pu marcher, j'ai appris à me glisser sous le ventre des brebis pour les téter. Elles me connaissaient bien. Elles m'acceptaient. Je n'ai jamais reçu le moindre coup de pied. Elles ont remplacé celle qui m'a tant manqué, un peu plus tard, quand j'ai appris que j'étais une enfant trouvée. J'en ai perdu pendant longtemps le boire et le manger, et puis la vie m'a emportée. J'ai toujours su que le bonheur, c'était de se contenter de ce qu'on a, de s'accepter tel que l'on est. Au reste, même aujourd'hui, malgré tout ce temps passé, Johannès demeure mon vrai père, puisque sans lui je serais morte.

Je ne le quittais pas. Je le suivais partout. Il me traînait par la main, me donnait du lait, plus tard le pain et le fromage. Il me montrait les étoiles : la Grande Ourse, Orion, Bételgeuse, Altaïr et celle que tous les pastres devaient connaître parce qu'elle indiquait le nord : l'étoile du Berger. Il nommait les herbes, les plantes, les insectes, les oiseaux. Comme il acceptait mal de me confier à Augustine, ils se disputaient. Pendant l'hiver, pourtant, j'étais plus souvent dans la maison qu'au-dehors, et elle en profitait. Elle chantait en faisant tourner ses mains devant moi des comptines qui disaient :

Ainsi font, font, font, les petites marionnettes,
Ainsi font, font, font trois petits tours
Et puis s'en vont.

Ou alors, pour m'apprendre les mots de mon visage, elle récitait, touchant du doigt les yeux ou le menton : *Menton fourchu — bouche d'argent — nez de clinquant — petite joue — petit œillet — grand œillet — croque croque millet.*

Que c'était bon, ces heures lentes près du feu, quand la neige avait tout recouvert de sa pelisse blanche ! Si je ferme les yeux, c'est de cela et des veillées de Noël que je me souviens le mieux.

Un proverbe disait : « Quand Noël est sans lune, de cent brebis il ne s'en sauve pas une. » C'était la hantise d'Alexis et d'Augustine, cette lune de Noël. Et on avait le temps de regarder le ciel, sur le chemin gelé, en se rendant à l'église pour la messe de minuit. Johannès me portait dans ses bras. Des lumières brillaient sur tous les sentiers du causse. Il faisait froid, mais je sentais contre moi la bonne odeur de laine et la chaleur de Johannès. Alexis et Augustine marchaient devant nous, des pierres brûlantes dans les poches. Le froid faisait crier le sol sous nos sabots, et, là-haut, des étoiles toutes neuves veillaient sur la planète Terre. Des nuages couleur de cendre glissaient sous la lune qui nous suivait en se cachant de temps en temps. Une fois au village, on s'installait au fond de la petite église qui ruisselait de lumière, et tout le monde chantait. C'était un enchantement que ces messes d'alors ! Elles respiraient le bonheur, la joie simple et l'amour. Le Bon Dieu nous avait envoyé Son Fils, et tous ceux qui étaient assemblés sous la voûte jaune et bleu de sa maison le remerciaient sincèrement. Il y avait dans les yeux de ces hommes et de ces femmes une confiance qui les endimanchait, les rendait beaux.

A la fin de la messe, Alexis, Johannès et Augustine m'emmenaient près de la petite crèche où se trouvait l'Enfant Jésus. Comme elle était jolie, avec son âne, ses moutons presque aussi gros que des vrais, Joseph et la Vierge Marie penchés sur le petit ! On récitait la prière des bergers. Alexis et Johannès commençaient en disant :

Mon Dieu, je vous offre mon manteau,
Lors même qu'il serait un peu plus beau !
Mon manteau n'est pas de drap
Mais d'étoffe seulement
Mais il vous tiendra plus chaud
Malgré le froid.

C'était bien sûr dit en patois, dans la langue de tous les jours, car on ne parlait guère le français, alors. Augustine répondait et me faisait réciter avec elle :

Je te remercie, berger
Garde-le ton manteau,
Le Fils de Dieu
Se souviendra
De ton hommage,

A l'heure éternité
Tu seras payé.

Quand c'était fini, tous les trois m'embrassaient. J'aurais bien voulu rester plus longtemps, mais déjà l'église se vidait et les lumières s'éteignaient. Il fallait repartir dans le froid qui me mordait le nez et les oreilles. C'était le tour d'Augustine de me porter. Je cherchais les Rois mages dans le ciel. Je croyais que c'était le Grand Chariot qui les transportait. Les étoiles me paraissaient si proches que j'avais l'impression de pouvoir les cueillir avec les mains. Augustine chantait contre mon oreille :

Les anges, dans nos campagnes,
Ont entonné l'hymne des cieux,
Et l'écho de nos montagnes
Redit ce chant mélodieux.

Les lanternes s'éteignaient sur les chemins. Nous étions tous les quatre seuls au monde, parfois dans la neige qui craquait sous les sabots, et il me semblait que l'air coupait ma peau comme du verre.

De retour au mas, on attendait nos plus proches voisins, qu'Augustine avait conviés. Ils habitaient de l'autre côté de la combe, vers Montfaucon, au lieu-dit : La Pierre-Levade, car il y avait un menhir à côté de leur mas. Ils s'appelaient Ravel, comme le compositeur que j'ai tellement écouté plus tard, et même jusqu'à ces dernières années. Ils avaient deux filles : Elodie et Marguerite, qui étaient un tout petit peu plus âgées que moi. Alexis attisait le feu et Augustine mettait à réchauffer la soupe aux oignons. Que c'était bon ce pain de seigle et ces oignons frits ! Cela fait plus de quatre-vingts ans, et rien que d'en parler, le goût m'en vient dans la bouche comme si j'étais assise à table entre Johannès et Augustine. Après la soupe, c'était un quartier de canard servi avec des pommes de terre cuites sous la cendre puis, quelquefois, pour les enfants seulement, une orange pliée dans un papier de soie. Ah ! ces Noëls de mon enfance, comment les aurais-je oubliés ? Johannès m'emportait dans mon lit et je me réfugiais sous la couette de plume comme dans un royaume.

Après les fêtes, en général, le froid augmentait jusqu'à carnaval. On ne sortait guère, sinon le soir, pour aller soigner les bêtes. Ensuite, on mangeait et on veillait un peu. Johannès racontait alors des histoires et des contes de l'ancien temps, parlait des fées, des loups-garous qui dansaient sous la lune, et aussi des *luns* — les feux follets. Il connaissait un bois dans les Combes Nègres, où les fées se réunissaient pour le sabbat ; un autre où, au carrefour de deux chemins, elles attendaient les voyageurs pour se faire transporter sur leur dos, en s'accrochant à leurs épaules. Johannès prétendait avoir rencontré des loups-garous, ces hommes habités par le diable et vêtus de peaux, qu'aucun fusil ne pouvait tuer. Mais ce dont j'avais le plus peur, c'était des luns, ces feux follets qui pouvaient se mettre brusquement à danser sur les chemins. Johannès assurait qu'ils étaient les âmes de ceux qui brûlaient en enfer, et qu'ils étaient capables de vous emporter en vous soulevant comme des balles de seigle. Combien de fois, seule sur un chemin ou dans une combe perdue, je me suis enfuie en ayant cru apercevoir les luns devant moi ! C'est que je n'étais pas bien grande alors, guère plus qu'aujourd'hui, toute menue que je suis restée et prête à m'envoler au vent.

Alexis, lui, était savant en devinettes :

— Quel est le mouchoir qu'on ne peut plier ? demandait-il avec son sourire et ses yeux malicieux.

Si l'on ne trouvait pas, il répondait, triomphant :

— Le ciel !

Ainsi, le soleil était la pomme qu'on ne pouvait regarder, et les étoiles les écus que l'on ne pouvait compter. Pauvre Alexis ! Comme elles étaient naïves et tendres ses devinettes qu'il inventait pour me distraire en me faisant sauter sur ses genoux ! Et combien l'éclat de ses yeux bleus m'a manqué quand il m'a quittée, rejoint d'ailleurs par Augustine deux mois plus tard. Avec Johannès et les brebis, ils étaient toute ma compagnie sur ce mas haut perché, si près du ciel et des étoiles, et pas une seule seconde je n'ai été malheureuse avec eux.

Ainsi s'est déroulée ma vie jusqu'à six ans, et pendant tout ce temps je n'ai jamais su que le malheur existait. Je l'ai appris brutalement un soir de juin, quand Johannès est mort. Je m'en souviens comme si c'était hier. Il faisait très chaud et le ciel était vert sur les collines. On rentrait le troupeau. J'étais partie devant pour boire. Je l'ai entendu tomber devant la porte de la bergerie. Sur le moment, je n'ai pas eu peur : je ne savais pas que l'on pouvait mourir subitement, comme ça. Je me suis approchée et j'ai écarté les brebis qui l'entouraient. Face au ciel, il me regardait mais il semblait ne pas me voir. Alexis et Augustine sont arrivés. Elle m'a emmenée dans la maison, m'a fait asseoir et m'a dit en me caressant la joue :

— Il est mort, petite.

Alors je n'ai plus rien vu ni rien entendu, et ça a été comme si j'étais morte aussi parce que je l'aimais, cet homme, peut-être plus encore que s'il avait été mon vrai père. Je suis revenue à moi dans la chambre où j'ai pleuré toute la nuit, veillée par Augustine et Alexis. Le lendemain, comme ils ne savaient que faire pour me consoler, croyant adoucir mon chagrin, ils m'ont avoué, avec beaucoup de précautions, que Johannès n'était pas mon père et que j'étais une enfant trouvée. Les pauvres, ils n'ont fait que me rendre plus malheureuse encore, mais peut-être après tout ont-ils eu raison de me dire la vérité à ce moment-là, plutôt que je l'apprenne de la bouche d'un enfant ou d'une personne malintentionnée. Le fait de leur poser des questions sur ma naissance, de m'inquiéter de l'avenir, m'a sans doute permis de ne pas sombrer dans le gouffre qui s'ouvrait sous mes pieds à cette période délicate de l'enfance.

Je me souviens du corbillard qui cahotait sur les pierres du chemin, des sabots du cheval que j'apercevais en dessous, des hommes et des femmes vêtus de noir sur la place de Fontanes, du petit cimetière ceint de quatre murs de lauzes, de la tombe simple de Johannès, à même la terre, de la main chaude d'Augustine, qui, sur le chemin du retour, serrait fort la mienne.

Cela fait plus de vingt ans que je ne suis pas revenue à Fontanes-du-Causse, mais ça ne fait rien : à Johannès, je lui parle comme je parle aujourd'hui à tous ceux que j'ai aimés et qui ne sont plus là, mais existent pourtant quelque part et veillent sur moi.

2

ALEXIS et Augustine m'ont gardée chez eux. Pour rien au monde ils ne se seraient séparés de moi, les pauvres. Ils se sont « arrangés » avec le maire et le curé de Fontanes : à l'époque, c'était plus facile qu'aujourd'hui. On n'avait pas besoin de signer tant de papiers. Ils m'ont dit que c'était comme si j'étais placée chez eux, mais qu'ils me considéraient comme leur fille. Ça me convenait bien. Au bout de quelques mois, j'ai repris goût à la vie et j'ai appris à me passer de Johannès. Oh, certes ! chaque fois que j'allais à Fontanes, je lui faisais une petite visite au cimetière, mais j'ai cessé de souffrir physiquement de sa mort, comme souffrent les enfants que l'on arrache à leur mère ou à leur père. Et j'y allais souvent, à Fontanes, puisque l'école avait ouvert en 1906, et qu'Alexis et Augustine, malgré les problèmes que ça posait pour le troupeau, m'y avaient inscrite. Quelle chance j'avais ! toute petite que j'étais dans ce monde des campagnes où rares étaient les gens qui avaicnt de l'instruction. Alexis et Augustine m'aimaient comme leur propre enfant. Ils me voulaient instruite pour être fiers de moi.

Notre institutrice s'appelait Mme Vieillevigne. C'était une dame à cheveux blancs, bien mise et toujours d'humeur égale, qui nous apprenait la lecture, l'écriture, mais aussi l'hygiène corporelle, ce qui n'était pas inutile sur ces causses où l'eau était rare et donc précieuse. Elle venait de l'Aveyron voisin et avait perdu son mari un an avant la séparation de l'Eglise et de l'Etat. Contrairement à ce qui se passait dans les autres villages, à la suite des inventaires dans les églises, elle s'entendait plutôt bien avec le curé, car ils étaient tous les deux d'une grande sagesse. Elle ne nous voyait pas d'un mauvais œil aller vers l'église, où le curé était un curé comme on n'en voit plus depuis longtemps. Aujourd'hui, dans nos villages, les écoles comme les églises ont fermé, et des cars de ramassage emmènent les enfants dans les bourgs au cours complémentaire, tandis que les cloches ne sonnent plus guère les heures que dans les villes. C'est comme ça. On aurait beau se révolter que ça ne changerait pas grand-chose. Il nous reste les souvenirs, et ma foi c'est déjà beaucoup.

Je ne me souviens pas du nom de notre curé. Il était de petite taille, chauve, et souriait tout le temps. Nous l'aimions beaucoup, et je lui dois toute la foi qui brûle en moi, car il me l'a enseignée avec beaucoup de bonté et d'humilité. C'est vrai : il était l'humilité même, gardait pour lui le strict nécessaire et donnait le reste à ceux qui en avaient besoin. Il nous apprenait des prières naïves qui nous donnaient confiance. Je les récitais avec ferveur, et il m'arrive encore de les murmurer pour le plaisir, tellement elles sont restées ancrées profondément dans mon esprit. Je m'agenouillais le soir près de mon lit pour réciter, les doigts croisés :

Je me recommande bien à Dieu,
A Notre-Dame mère de Dieu,
A saint Jean, à saint Matthieu,
A saint Marc, à saint Luc,
Les quatre apôtres du bon Dieu
Qu'ils me prennent et me gardent
De tout malheur

Il pourrait bien m'arriver dans ma vie
Que je puisse L'offenser.

Celle du matin commençait ainsi :

Mon Dieu qui cette nuit
M'avez gardée au lit
De tout mal et de larmes
Faute d'autres trésors
Je Vous offre mon cœur
Tous mes biens et mon âme...

Oui, elles étaient naïves les prières de mes sept ans, mais si jolies ! Quand j'avais fini de les réciter, une grande paix m'envahissait et il me semblait qu'elles me protégeaient de tous les dangers. Elles apaisaient mes peines et mes chagrins, me redonnaient la joie si je l'avais perdue. Oh ! c'était rare, mais il m'arrivait de pleurer quand les gens, au village, m'appelaient « Marie des brebis ». J'avais beau leur répondre que je m'appelais Marie Bonneval, c'était comme s'ils n'entendaient pas. Je ne crois pas qu'ils le faisaient exprès, pour me rendre malheureuse, mais ils en avaient pris l'habitude et n'y voyaient pas malice. Enfin ! il a bien fallu que je m'habitue, mais ça n'a pas été facile.

Dès que je remontais du village, je rejoignais Augustine sur le plateau pour prendre la garde du troupeau. Elle me donnait mon goûter et repartait au mas. Je ne restais pas seule pour autant. Elodie et Marguerite, qui gardaient aussi les brebis, me tenaient compagnie. A force de les côtoyer, elles étaient devenues de vraies amies. Surtout Marguerite, qui avait seulement un an de plus que moi, était rousse avec des yeux très clairs, comme transparents. Moi qui avais toujours vécu avec de vieilles personnes, j'avais plaisir à m'amuser avec des fillettes qui me ressemblaient. Comme je les aimais, mes nouvelles amies ! Et comme il me tardait de les rejoindre chaque soir, le jeudi et le dimanche ! Elles m'apprenaient des chansons qui commençaient ainsi :

La tourterelle
Qui est si grande
Ne fait qu'un ou deux petits
Et moi pauvre mésangette
Si petite, si petite,
Je fais quinze ou seize petits.

Elles m'apprenaient aussi toutes sortes de jeux qui, bien souvent, nous faisaient oublier les brebis : *Pigeon vole, Promenons-nous dans les bois, Il court, il court, le furet,* la corde, la main chaude, et le jeu de balle que nous confectionnions avec une vieille chaussette et que je lançais avec beaucoup plus d'adresse que je ne le ferais aujourd'hui. Pauvres fillettes que j'aimais tant ! Elodie a été emportée par la grippe espagnole en 1918, et Marguerite est morte trois ans plus tard, je ne me souviens plus de quelle maladie, car j'avais quitté le Mas del Pech à ce moment-là. Comme elles étaient rieuses et vivantes, pourtant ! Et combien en avons-nous dévalé des pentes en roulant sur nous-mêmes comme des barriques et en riant comme des folles ? Combien en avons-nous lancés, de chardons dans les cheveux et de gratte-cul dans le cou ? Une fois, même, nous avons été surprises par un sanglier furieux et nous n'avons dû notre salut qu'à nos petites jambes écorchées par les ronces. Mais quelle insouciance nous avions, et qu'il était beau ce temps de la liberté dans les grèzes et les bois !

A cette époque-là, on allait l'hiver de veillée en veillée, et la moindre fête religieuse servait de prétexte à des réjouissances. Ça commençait dès le premier jour de l'année : c'était l'usage, alors, pour les enfants, d'aller de maison en maison chercher des étrennes. Pas grand-chose, certes, car tout ce qui brillait n'était pas d'or, à Fontanes : un sou, une pomme, une crêpe, une gaufre ; mais c'était donné de si bon cœur ! On remerciait en souhaitant « une bonne année accompagnée de plusieurs autres et le ciel à la fin ». Pour la chandeleur, Augustine cuisait des crêpes de froment et en plaçait toujours une, dans une assiette, sur la cheminée, comme c'était l'usage, afin qu'il y eût toujours de l'argent dans la famille. A l'église, on achetait une chandelle que l'on faisait bénir. On la ramenait ensuite au mas, qu'elle était censée préserver de la foudre. Alexis, lui, prétendait qu'à la chandeleur il était dangereux d'emmener paître les brebis dans les prés :

— *Per Nostro-Damo dé la condillero, tiro loï fedos del prat, bergero*[1] *!* disait-il en levant un index sentencieux.

C'était d'autant plus inutile que le temps était rarement beau à ce moment-là, mais il ne se passait pas une année sans qu'il énonce son proverbe préféré.

Le 5 février, à l'occasion de la Sainte-Agathe, les cloches sonnaient toute la matinée pour appeler à la messe de onze heures, qui était célébrée à l'intention des récoltes de l'année. Il n'était pas question de manquer cette messe où les hommes se pressaient comme à celle de Pâques. Et puis arrivait carnaval, que j'attendais impatiemment. Avec mes deux amies, dès le début de l'après-midi, on s'habillait de vieilles hardes et d'un masque en carton que l'on avait préparé depuis longtemps, et dans lequel on avait percé deux trous pour les yeux. Un foulard dans les cheveux, on partait ainsi au village où la jeunesse avait fabriqué un mannequin de paille, le pauvre Carnaval, qu'elle promenait en chantant dans les rues :

Adiou, paouré ; adiou paouré
Adiou paouré Carnobal...

1. « Pour Notre-Dame de la chandeleur, enlève les brebis du pré, bergère ! »

C'étaient alors des rondes et des farandoles à n'en plus finir, auxquelles se mêlaient, de temps en temps, un homme ou une femme qui gardaient la nostalgie de leurs vingt ans. Vers quatre heures, après avoir beaucoup bu, beaucoup chanté, beaucoup ri, on brûlait le pauvre Carnaval sur la place et l'on passait dans les maisons manger des crêpes. Mon Dieu ! que c'était bon ces crêpes qu'on dégustait près de la cheminée après s'être fait mordre le nez et les oreilles par le froid du dehors ! Et ce vin chaud, donc, qui rosissait nos joues et faisait éclore des étoiles dans les yeux des garçons et des filles ! Qu'est-ce que je donnerais pour revivre cela aujourd'hui pendant une heure, une toute petite heure, pauvre vieille que je suis devenue, et qui ne peut même pas se déplacer sans l'aide d'une main amie !

Pendant le carême, on ne mangeait pas la moindre bouchée de viande, et Augustine y veillait avec sévérité. Elle se disputait même quelquefois avec Alexis qui, comme tous les hommes, n'avait pas les mêmes idées qu'elle sur la religion. Le dimanche des rameaux, on portait à l'église du buis ou du laurier pour les faire bénir. On suspendait les branches au-dessus des portes des chambres, près du crucifix, et c'est vers eux que se tournaient les regards lors des prières du soir. Je me souviens que l'on allait à la messe le jeudi saint, le vendredi saint, tandis que le samedi saint on partait en groupe chercher les œufs dans les fermes et les mas isolés, pour manger l'omelette au retour. On chantait et on criait sur les chemins :

— *Lus coucous per la pescado ! Lus coucous per la pescado*[1] !

On mangeait l'omelette à l'auberge, chez la mère Albertine qui avait le cœur grand comme le monde entier et ne savait guère compter. Elle a longtemps été pour moi l'image de la générosité, et j'ai souvent pensé à elle dans ma vie.

1. « Les œufs pour l'omelette, les œufs pour l'omelette ! »

Et puis c'était Pâques et le repas à l'occasion duquel on entamait le pain bénit le matin en disant :

— *Pain bénit je te prends; si la mort me surprend, sers-moi de sacrement.*

Je revois encore Alexis tracer la croix sur la tourte avec son couteau, tandis qu'Augustine priait en remuant les lèvres et je me dis, en y réfléchissant, que la religion, à cette époque-là, gouvernait totalement la vie des gens. Aujourd'hui, tout ça s'est perdu. Les églises se sont vidées et les gens ont d'autres idées dans la tête. Peut-être, tout simplement, parce qu'ils ont beaucoup plus de distractions que nous en avions. Peut-être aussi parce que l'argent et les richesses matérielles nous ont éloignés des richesses de l'esprit. Je ne sais pas au juste, mais il me semble que notre âme s'est alourdie, et j'ai bien peur qu'un jour elle ne sache plus s'envoler. En tout cas, nous, nous n'avions pas le choix, et, même si les fêtes étaient surtout des fêtes religieuses, nous nous serions bien gardés de nous en plaindre.

En été, la procession des rogations précédait chaque année l'Ascension. Combien en ai-je suivies, derrière les enfants de chœur et le curé porteur de son encensoir ! Oh ! ce n'était pas que les champs étaient très nombreux, et du reste ils portaient plus de blé noir que de froment, mais notre curé se faisait un devoir de les visiter tous. De même qu'à la Saint-Roch, le lendemain du 15 Août, il bénissait les troupeaux en visitant chaque mas, chaque ferme de la commune. Chez nous, au Mas del Pech, il s'arrêtait toujours pour manger un morceau de pain et de lard. Et il disait à Augustine :

— Occupe-toi bien de Marie, Augustine, c'est Notre-Seigneur qui te l'a envoyée.

Moi, j'étais trop intimidée pour parler, mais j'étais bien contente de savoir que je n'étais pas venue au Mas del Pech par hasard, et je remerciais le Bon Dieu d'avoir su choisir pour moi.

Le jour de la Toussaint, après les vêpres, on allait se

recueillir sur les tombes que venait bénir le curé, et c'était l'occasion de parler à Johannès qui m'avait quittée un soir de juin. Au retour, je restais souvent plusieurs jours malheureuse, puis la vie m'emportait de nouveau jusqu'aux dimanches de l'avent où, souvent, le temps se gâtait. Augustine disait, en me recommandant de bien m'habiller pour sortir :

— *A Notre-Dame des avents, pluies et vents !*

Que m'importait ? Je savais que Noël approchait et je me réjouissais chaque jour de la messe de minuit et de la veillée qui suivrait... Mais de cela j'ai déjà parlé longuement.

Voilà comment je grandissais, entre fêtes et vêpres, toujours contente, entourée par mes deux vieux, tête nue dans le vent, les mollets griffés par les chardons et les ronces, sauvage comme une chèvre et maigre à faire peur. D'ailleurs, de me voir aussi malingre désespérait Augustine qui, chaque midi et chaque soir, me répétait :

— Mange, mange, ma fille, tout ça t'est donné de bon cœur.

Même si aujourd'hui nos repas du début du siècle m'apparaissent bien frugaux, je dois dire qu'on ne manquait de rien. On se nourrissait beaucoup de soupe : une épaisse soupe de seigle qui tenait bien au ventre et réchauffait le corps, suivie le plus souvent de lard, de fromage, parfois de pommes de terre ou de ragoût, plus rarement encore de viande de porc ou d'agneau. Quelquefois aussi des oignons crus, des frottées d'ail, des crêpes, des gâteaux de farine de maïs qu'on appelait *cajasses* et qui pouvaient être épaisses comme deux doigts. Nous buvions du vin de la vigne qu'Alexis travaillait amoureusement sur un travers protégé du vent. Moi, je le coupais d'eau, Augustine également ; lui, non. Mais il en buvait peu, et d'ailleurs, à l'époque, ce vin était un produit naturel, non pas ce breuvage que l'on trouve aujourd'hui sur les tables et qui vous ronge l'estomac.

Ah ! l'alcool et les instituteurs de la IIIe République ! C'était leur croisade, et ils la menaient sans relâche, avec une extrême détermination. Sur une carte accrochée au mur de la classe, un foie d'un vermeil effroyable épouvantait d'avance ceux qui auraient trop aimé le vin. Mme Vieillevigne nous faisait de la cirrhose une description si terrifiante que je ne buvais plus la moindre goutte de vin pendant huit jours. Mais elle avait bien d'autres mérites, notre merveilleuse institutrice, et notamment celui d'amener chaque année au certificat des garçons et des filles qui ne pensaient qu'à courir le causse et à s'amuser. C'est donc elle, l'année de mes douze ans, qui, avec deux autres petits drôles dont je ne me rappelle pas le nom, nous a conduits à Figeac pour cet événement. Augustine était allée m'acheter un tablier neuf à cette occasion, ainsi qu'un plumier en bois sur lequel était dessiné Le Mont-Saint-Michel. C'était le début de l'été. Il faisait beau sur la route qui traversait le causse criblé de sauterelles. Mme Vieillevigne conduisait la charrette en nous faisant ses dernières recommandations :

— Réfléchissez bien avant de répondre, et appliquez-vous dans l'écriture. Pensez à tout ce que nous avons appris et surtout n'ayez pas peur : tous les maîtres d'école aiment les enfants.

Comme le trajet m'a paru long ! Il me semblait que nous n'arriverions jamais à Figeac qui était pour moi, à l'époque, une grande ville inconnue. Pourtant, quand nous sommes entrés dans la cour de l'école, j'ai eu tellement peur que j'ai voulu repartir aussitôt. Il a fallu toute la gentillesse de Mme Vieillevigne pour me rassurer et me convaincre d'entrer dans la salle de classe où se déroulaient les épreuves. Il y avait là beaucoup de garçons et de filles que je n'avais jamais vus, ce qui m'intimidait encore plus. Et puis un monsieur à lunettes est arrivé, qui nous a distribué des feuilles de papier tout en nous demandant de nous préparer pour la dictée. J'ai ouvert mon beau plumier neuf et j'ai fini par oublier où je me trouvais.

La matinée a passé comme dans un rêve. A midi, quand je suis sortie, je ne me souvenais ni des mots sur lesquels j'avais hésité ni des solutions que j'avais trouvées pour les problèmes. Notre institutrice ne s'en est pas inquiétée, au contraire : elle m'a dit que je ne me rappelais rien parce que je n'avais pas rencontré de difficultés. Nous sommes allés dans un petit square où nous avons partagé tout ce que contenaient nos paniers. Ça me faisait drôle de manger, comme ça, avec Mme Vieillevigne que j'admirais beaucoup, et il m'a semblé que je venais de grandir de plusieurs années en une matinée.

Pendant ce bref repas, elle s'est efforcée de nous réconforter et de nous préparer aux épreuves de l'après-midi. Au moment de repartir, la même peur qu'au matin s'est emparée de moi. A l'oral, deux messieurs à barbiche, vêtus d'un costume noir, m'ont interrogée. Comme je refusais de répondre, ils ont essayé de me rassurer en me disant que mes problèmes étaient justes et que je n'avais fait qu'une faute à la dictée. Mon Dieu ! cette peur que j'avais ! Il a fallu que Mme Vieillevigne vienne près d'eux pour que j'accepte de répondre à leurs questions. Le pire des supplices a été de chanter *La Marseillaise* devant ces hommes, dont je revois encore le visage grave et plein d'autorité.

Enfin j'ai pu sortir dans la cour et me réfugier dans un coin avec mes deux camarades. Une heure plus tard, Mme Vieillevigne est arrivée, souriante : nous étions reçus tous les trois. Quelle joie et quelle délivrance ! Sur le chemin du retour, nous étions si contents que nous avons chanté sans arrêt jusqu'à Fontanes, notre merveilleuse institutrice avec nous.

Voilà comment j'ai obtenu le seul diplôme que je possède et qui a tellement fait plaisir à Augustine et Alexis. C'est Mme Vieillevigne qui m'a elle-même ramenée au mas, et nous l'avons gardée pour le dîner.

Je me souviens des yeux brillants de fierté d'Augustine et d'Alexis qui, le soir même, avant d'aller se coucher, m'ont donné un louis d'or que je possède encore aujourd'hui. C'est d'ailleurs tout ce qui me reste de ces deux vieux qui m'aimaient assez fort pour me laisser aller à l'école alors qu'ils avaient tant besoin de moi. Ils m'ont appris qu'on peut trouver du bonheur à donner aux autres sans rien recevoir en retour.

Cet été inoubliable a passé, et puis les jours, les mois. Plus je grandissais, et plus Alexis et Augustine vieillissaient. Ils manquaient de force pour les travaux les plus pénibles comme les vendanges, la tonte des brebis ou la moisson du blé noir. Ils ont alors décidé de prendre un petit valet pour les aider. Ce devait être en 1912 ou en 1913, je ne me souviens pas exactement, mais ce que je me rappelle, c'est qu'il est arrivé au printemps, un soir, amené par son père qui habitait Couzou, un village situé entre Calès et Rocamadour. Quand il est descendu de la charrette, j'ai remarqué ses cheveux drus, ses grands yeux noirs, et cet air farouche et craintif qu'il prenait pour regarder les gens. C'était l'usage alors, pour les familles pauvres, de placer leurs enfants dans les mas et les fermes où, du moins, ils mangeaient à leur faim. Ce que j'ignorais au moment où je l'ai connu, c'est que son père le battait. Il me l'a avoué beaucoup plus tard, après être devenu mon mari et le père de mes trois enfants. Il s'appelait Florentin. J'avais onze ou douze ans, mais je peux dire que je l'ai aimé, sans le savoir, dès que je l'ai vu. Pourtant, le premier jour, c'est à peine s'il m'a regardée, même pendant le repas du soir, tandis qu'Augustine et Alexis essayaient de l'apprivoiser en lui expliquant ce qu'il aurait à faire, où il coucherait, et qui j'étais, moi, la petite qui voyait arriver avec plaisir un peu de jeunesse dans la maison.

Le lendemain, c'est avec fierté que j'ai raconté à Marguerite et Elodie ce qui s'était passé la veille au soir, chez nous, au Mas del Pech. J'ai bien compris qu'elles m'enviaient, car les événements étaient rares sur notre causse. Je crois aussi avoir un peu exagéré en leur présentant Florentin comme un ami très cher. En effet, nos rapports, au début, ont été assez difficiles. On aurait dit qu'il se méfiait de tout le monde, même de moi, pauvrette, qui n'avais aucune envie de lui faire des misères.

Ce sont les brebis qui nous ont rapprochés : comme il dormait dans la bergerie, le matin il me donnait de leurs nouvelles. Si l'une boitait, ou allait mettre bas dans la journée, il me l'annonçait avec une gravité dans la voix qui me faisait comprendre combien il aimait les bêtes. Je savais déjà que ceux qui aiment vraiment les bêtes et les comprennent sont en général des gens dignes de confiance. Aussi suis-je allée vers Florentin naturellement et sans méfiance. Il me montrait comment on soigne une plaie, une morsure d'araignée noire, en faisant saigner un peu avec un couteau et en posant ensuite un pansement d'ail ou d'achillée mille-feuille. Il m'expliquait qu'en juillet et en août il faut donner beaucoup de sel aux brebis, qu'en cas d'orage je devais me réfugier dans une combe et trouver un endroit où le chien accepte de rester près de moi, car, disait-il, les bêtes, avec leur instinct, savent mieux que quiconque où va tomber la foudre. Il me montrait les brebis malades ou mal portantes, c'est-à-dire celles dont la laine pendait ou dont l'échine était trop plate ; celles à qui il manquait des dents et qu'il faudrait vendre aux prochaines foires. Il me racontait sa vie de petit pastre, là-bas, à Couzou, mais il ne la regrettait pas du tout. Après l'agnelage, il se levait la nuit pour surveiller les petits, me désignait le lendemain ceux qui étaient les plus faibles, m'assurait que le prochain hiver serait rude s'il était né beaucoup de mâles, car la nature, prévoyante, privilégie toujours la robustesse quand la neige doit durer. Est-ce vrai ? Ma foi, je ne l'ai pas vérifié par la suite, et si je crois que la nature protège ses enfants, c'est avec bien plus d'intelligence encore qu'on ne saurait le dire.

Alexis et Augustine avaient remarqué cette complicité qui nous liait. Comment auraient-ils pu faire autrement ? Ils n'en étaient pas inquiets, car ils avaient jugé Florentin et lui avaient donné leur confiance. Non, ce qui les préoccupait davantage, c'était que depuis le certificat et ma communion, je n'allais plus jamais au village, même pas le dimanche. Le curé s'étonnait de ne plus me voir ni à la messe ni aux vêpres, et leur en faisait le reproche.

— Dis, petite, me disait Augustine, si tu allais dire bonjour à M. le curé ?

J'y allais, promettais tout ce qu'elle me demandait, mais au retour je courais sur le chemin aussi vite que je le pouvais. Je retrouvais Florentin et nous aidions Alexis qui, à cette époque, se fatiguait vite. Il était malade du cœur, mais il n'en parlait pas. On croit souvent que les gens mouraient plus jeunes qu'aujourd'hui, mais ce n'était pas toujours vrai, surtout pour ceux qui vivaient sainement, au grand air, et qui mangeaient moins que l'on mange de nos jours...

Augustine, elle, était plus alerte et se rendait plusieurs fois par semaine au village. Je crois qu'elle avait parlé au curé de mes relations avec Florentin, car il m'a retenue un après-midi après confesse pour me poser des questions. Si je ne me souviens pas de son nom, à ce brave curé, je me souviens très bien de son visage rond et de ses petites lunettes derrière lesquelles brillait un regard plein de bonté. Dans nos campagnes, les curés étaient les gardiens de la moralité et veillaient scrupuleusement à son respect. Lui aussi, bien sûr, mais c'était avant tout un homme sain et généreux. Je le remercie aujourd'hui encore de n'avoir pas vu de mal où il n'y en avait pas, et de n'avoir pas sali la candeur et la confiance qui étaient en moi. J'ai pu ainsi les conserver, du moins en partie, pendant toute ma vie. Que vaudrait notre vie, en effet, sans confiance et sans joie ? Rien ou pas grand-chose ; je le sais maintenant beaucoup mieux qu'à cette époque où je découvrais l'amour avec un bonheur que personne autour de moi n'a jamais tenté de ternir.

Ainsi sont passées ces années dont je garde le souvenir ému et une grande nostalgie. Oh ! bien sûr, je sais que j'avais de la chance et que la vie menée par les enfants placés dans les mas ou les fermes ne ressemblait guère à la mienne, mais je suis ainsi : je ne me souviens que de la meilleure part de ma vie et j'ai oublié l'autre. Ou du moins j'ai essayé. Et vous verrez que la peine ou la souffrance ne m'ont pas épargnée. Je n'ai jamais eu aucun goût pour le malheur. Quand il a frappé à ma porte, j'ai fait tout ce que j'ai pu pour le chasser. C'est pour ça que dans ma vie il a fait beau. L'âge venu, malgré les misères que m'inflige mon corps, je garde le sourire pour que mes petits-enfants ne m'oublient pas quand j'aurai quitté cette terre que j'aime de la même manière, avec la même force qu'à vingt ans.

3

COMMENT aurais-je oublié ce jour d'été de 1914, quand le tocsin s'est mis à sonner à tous les clochers des alentours ? J'étais dans la combe du Buis, en compagnie de Marguerite, assise au pied d'un genévrier. Nous essayions d'enlever des chardons dans les poils de son chien. Voyez si je m'en souviens bien ! D'abord, c'est venu du clocher de Fontanes, puis de Caniac-du-Causse, de Labastide-Murat, de Montfaucon, de partout. Quelle peur ! Au début, nous avons cru à un feu et nous sommes montées en courant sur la crête pour chercher la fumée, mais il n'y avait que du bleu, du bleu et encore du bleu à perte de vue, un bleu paisible et lumineux, comme seul sait l'être le ciel au-dessus du calcaire. De là-haut, pourtant, le son des cloches nous semblait plus terrible que dans la combe. Comme nous nous trouvions plus près du village que du mas, j'ai laissé les troupeaux à la garde de Marguerite et j'ai couru jusqu'à Fontanes avec ce bruit terrible dans les oreilles et, dans ma poitrine, les battements fous de mon cœur. Avant d'arriver, j'ai rencontré un vieil homme assis sur le mur de lauzes. Il s'était pris la tête entre les mains, à la manière d'Augustine ou d'Alexis, le soir, quand ils étaient bien fatigués. Je lui ai demandé :

— Dites, monsieur, où c'est qu'il y a le feu ?

Il s'est redressé lentement, et j'ai vu qu'il pleurait. Je

me souviens que ça m'a fait tout drôle de voir pleurer un homme, comme ça, moi qui croyais que ça n'arrivait qu'aux enfants. C'était, je crois, le menuisier de Fontanes, un vieux qui habitait une maisonnette sur la place. Je n'ai jamais oublié ses yeux clairs où semblait avoir coulé une rivière.

— Il n'y a pas de feu, petite, m'a-t-il dit, c'est la guerre.

Je ne savais pas trop ce que ça voulait dire, mais je comprenais que c'était terrible. Je suis restée un moment devant lui sans savoir ce que je devais faire, et puis j'ai couru jusque sur la place où, d'en bas, j'apercevais du monde. Il y avait là des femmes qui se lamentaient en s'essuyant les yeux à leurs tabliers, des vieux qui discutaient entre eux à voix basse, et des enfants qui allaient, comme moi, d'un groupe à l'autre sans comprendre. Les hommes qui travaillaient dans les champs arrivaient les uns après les autres, essoufflés d'avoir couru, et restaient là, bras ballants, assommés par la nouvelle. Il y en avait bien quelques-uns qui « faisaient les fiers » en gesticulant, mais ils étaient rares et on voyait bien qu'ils se forçaient un peu. Le prix que j'ai payé, et les miens avec moi, lors d'une autre guerre, celle de 40, m'autorise à dire qu'il n'y a rien au monde de plus absurde et de plus fou que des hommes qui décident de faire se battre d'autres hommes pour des raisons qu'ils ne connaissent même pas. Et si je n'étais pas capable de juger cela, à l'époque, je me souviens avoir demandé au curé qui s'approchait :

— Pourquoi ?

Il n'a pas pu me répondre, pas plus d'ailleurs qu'Alexis et Augustine, le soir, et il s'est contenté de me dire :

— C'est un grand malheur, Marie, nous allons devoir beaucoup prier.

Et je suis repartie dans la combe où Marguerite, très inquiète, m'attendait. Quand je lui ai dit que c'était la guerre, elle m'a demandé contre qui, et je me suis rendu compte que je ne le savais même pas. Je n'avais pas pensé à le demander au village. Nous avons discuté un moment, puis nous sommes rentrées plus tôt qu'à l'ordinaire, car il nous tardait de connaître la réaction de notre famille à cet événement. Tout le long du chemin, dans cet été si chaud et si paisible, je me suis demandé ce qui allait changer dans notre vie, mais je n'ai pas pensé une seconde à un départ possible de Florentin. Pour moi, il était encore un enfant, ou presque, alors qu'il allait bientôt être un homme. Je ne me suis pas du tout inquiétée, le soir, à table, d'autant qu'Alexis nous a assuré que la guerre ne durerait pas trois mois. Pauvres de nous ! Jamais je n'aurais supposé que les quatre années qui allaient suivre compteraient tellement dans ma mémoire.

A peine un mois s'était-il écoulé que déjà le maire, portant son écharpe tricolore, commençait son funeste tour dans le village. En décembre, je me trouvais sur la place lorsqu'il est entré chez Jeanne H., une pauvre femme qui avait perdu son mari deux ans auparavant. Son fils, Marcel, était parti en septembre. Je n'ai jamais pu oublier son cri de femme déchirée, désespérée, comme seules peuvent l'être les femmes qui perdent leur enfant. Et ce cri m'a réveillée toutes les nuits de la semaine qui a suivi cette triste journée. Dans les rues, sur la place, il n'y avait plus que des femmes, des enfants et des vieux. On n'entendait plus résonner l'enclume du forgeron ni les cris du maréchal-ferrant. Pauvre village ! Il semblait avoir perdu son âme et vivre sur la pointe des pieds, sans bruit, de crainte de réveiller ses morts. J'ai cessé d'y aller, sauf les jours où Augustine m'y obligeait, mais alors une telle peur me prenait que je m'enfuyais à toutes jambes dès que je le pouvais.

Les rares nouvelles qu'on recevait par l'intermédiaire de deux vieux abonnés au journal n'étaient pas bonnes. La guerre durait, s'enlisait dans les tranchées d'où les hommes revenaient méconnaissables, survivants hagards que de rares permissions paraissaient rendre fous. Alexis ne savait plus qu'en dire. Il ne comprenait plus rien à ce qui se passait, là-haut, dans le Nord, si loin de notre Quercy. Moi, pauvrette, je demandais chaque soir avant d'aller me coucher :

— Il ne partira pas, notre Florentin ?

— Mais non, répondait Augustine, ce sera fini bien avant qu'il n'ait l'âge.

1915, 1916... Deux années d'espoir déçu, de nouvelles catastrophiques. Au fur et à mesure que les mois passaient, la peur me mordait le ventre et je ne dormais plus. La vie avait perdu toute saveur et le ciel, pourtant bleu chaque été, me paraissait chargé d'orages. Il n'y avait plus de fêtes, plus de réjouissances, plus de veillées, les gens semblaient attendre la mort. 1917, année terrible, année du Chemin des Dames et des mutineries. A peine étaient-elles terminées que Florentin recevait ses papiers de route. La veille de son départ, je suis restée longtemps avec lui dans la bergerie. Assis l'un près de l'autre sur la paille, on se regardait sans oser se prendre les mains. J'avais seize ans et il me semblait que l'on m'arrachait une partie de mon cœur. Le comprenait-il à cet instant ? Sans doute, puisqu'il m'a dit avec des mots simples qui n'appartenaient qu'à lui :

— A mon retour, si tu veux bien, Marie, je te prendrai pour femme.

Il n'était pas d'usage, alors, pour une fille si jeune comme je l'étais, de répondre. J'aurais dû baisser les yeux, lui dire que la décision appartenait à Alexis et Augustine, et m'en aller, mais je n'ai pas pu. Je lui ai dit simplement :

— Florentin, je t'espérerai chaque jour.

Cet engagement nous suffisait. Il y avait dans ses yeux, dans les miens, bien autre chose de plus beau, de plus grave. Le lendemain, nous nous sommes levés tous les deux de bonne heure. Je voulais l'accompagner un moment sur la route. Quand nous sommes partis, le jour naissait. Il faisait beau en cet automne qui commençait seulement à cuivrer les feuilles de chêne. Sur les collines, le ciel rose luisait comme un grand lac sur lequel serait tombée la rosée.

— Ne va pas trop loin, petite, m'avait dit Augustine.

J'aurais bien voulu ne pas aller trop loin, mais je ne pouvais pas m'arrêter de marcher. Tous les dix mètres, je me disais : « Là-bas, devant ce genévrier, devant ce mur de lauzes, devant cette garenne, je m'en retournerai. » Et je ne retournais pas, au contraire, et plus je marchais, plus je pleurais. Florentin, lui, ne pleurait pas, mais il n'osait même pas me regarder.

— Sois fière, Marie, me disait-il avec une voix pleine de calme et de courage.

Fière, j'aurais bien voulu l'être, mais c'était au-dessus de mes forces. Dans mon innocence, je savais qu'il était devenu aussi indispensable à ma vie que l'air frais des collines, et que sans lui j'étais perdue. A la fin, après trois ou quatre lieues, il s'est arrêté et il m'a dit :

— Si tu as un peu d'amitié pour moi, Marie, retourne-t'en. Ça me fait trop de peine de te voir pleurer.

J'aurais bien voulu qu'il m'embrasse sur le front ou sur la joue, mais il n'a pas voulu. Ou il n'a pas pu. C'est qu'à l'époque les garçons respectaient les filles beaucoup plus qu'aujourd'hui, et avant de passer devant M. le maire on avait le temps de savoir si l'on était fait l'un pour l'autre ! Ce matin-là, face à face, nous le savions déjà et nous n'arrivions pas à nous quitter. Il a essuyé mes yeux avec ses doigts et il m'a dit :

— Ne languis pas trop, Marie, je reviendrai.

Puis il s'est retourné et il est parti lentement sur le sentier qui montait vers une gariotte au toit de lauzes. Si je ferme les yeux, je le revois encore sur ce chemin inondé de soleil et, comme alors, mon cœur se serre. Car j'y suis revenue plusieurs fois pendant son absence et il s'est incrusté profondément dans ma mémoire, comme tous les lieux où se produisent les grands événements de notre vie.

Ce matin-là, je suis rentrée à pas lents, malheureuse comme une enfant perdue, avec en moi l'impression de ne plus savoir respirer. Heureusement qu'Augustine et Alexis sont venus à ma rencontre, car je ne sais pas si j'aurais eu la force de remonter jusqu'au mas. Ils ont su me parler comme on parle aux agneaux malades, et m'aimer assez fort pour me permettre de traverser cette passe difficile.

A partir de ce jour, je me suis repliée sur moi-même comme une fleur privée d'eau. C'est le royaume qui m'a sauvée. Ce que j'appelle le royaume, c'est le monde que nous a donné le Bon Dieu : les fleurs, les arbres, les bêtes et la terre. A cette époque, les hommes ne l'avaient pas encore mis à mal comme aujourd'hui. Surtout là-haut, sur ces collines où, par beau temps, on pouvait apercevoir les montagnes d'Auvergne, à plus de cent kilomètres de là. Il m'est arrivé alors de rester des heures allongée au soleil, la joue contre une pierre chaude, comme un lézard. La chaleur du calcaire, c'est doux, c'est vivant, ça ressemble à la main du Bon Dieu. Et cette chaleur que me donnait la pierre, elle coulait en moi comme une source de vie, pour me fortifier. Je regardais la chélidoine, les chardons bénis, les boutons-d'or pendant des heures, longtemps, très longtemps, jusqu'à comprendre ce qui se passe en eux et les aimer comme des êtres vivants. Tout simplement parce que j'avais besoin de vie pour rester vivante. Je me couchais au milieu des brebis, je gardais prisonniers les agneaux dans mes bras, je respirais la laine, je buvais du lait à même les tétines, je me saoulais de leur odeur... Oh ! je sais que raconter tout ça doit paraître un peu fou, mais j'ai toute ma tête, ne craignez rien. J'ai toujours su que les plantes, les bêtes, les pierres même, venaient de la même source que nous. Nous nous ressemblons tous et nous partageons le même royaume. Je crois aussi que le Bon Dieu est plus proche d'elles que de nous, parce qu'Il préfère ce qui est fragile et ce qui a besoin d'amour. C'est pourquoi, blottie au plus chaud du royaume, j'ai pu trouver la force d'attendre et d'espérer.

Les lettres aussi m'y ont aidée, mais elles n'ont pas été très nombreuses : trois ou quatre, en tout, avant le 11 novembre 1918, trois lettres écrites par un soldat plus savant que Florentin, mais dont j'ai accueilli les mots comme des cadeaux du ciel. Plus tard, beaucoup plus tard, un matin, les cloches se sont mises à sonner au clocher de Fontanes, et celles des autres clochers leur ont répondu. Oh ! comme j'ai couru en remontant de la combe où j'avais fini par perdre l'espoir ! Sur la place, tout le monde riait. Ce n'était certes pas la fête, mais les gens éprouvaient un véritable soulagement : enfin la paix ! Enfin, on ne tremblerait plus en voyant le maire traverser la place, enfin les soldats allaient revenir ! Oubliant mon troupeau dans la combe, je suis remontée en courant vers le mas pour annoncer la nouvelle à Augustine et Alexis. J'ai trouvé Augustine sur le chemin, qui venait à la rencontre d'Alexis parti faire des courses au village.

— C'est fini ! C'est fini ! ai-je dit en l'embrassant.

Comme nous avons pleuré, toutes les deux, ce jour froid de novembre, en marchant vers le mas ! Mais ce n'était que de bonheur. En attendant Alexis, nous avons préparé un vrai festin, puisant dans la réserve du saloir. Je n'oublierai jamais le goût merveilleux de la viande confite, ce jour-là, ni celui du café ramené par Alexis. La guerre était finie ; Florentin allait revenir ; notre vie allait s'éclairer de nouveau. J'étais si heureuse que j'en avais oublié les brebis. J'ai couru vers la combe où j'espérais les retrouver près de la grèze de La Pierre-Levade, car je les avais « lancées » dans cette direction. Elles y étaient, mais pas toutes. Heureusement, je connaissais bien mes bêtes, et j'ai pu en moins d'une heure rassembler l'ensemble du troupeau. C'était d'ailleurs l'une de ses dernières sorties. Il allait bientôt rester dans la bergerie jusqu'au printemps, sauf si le soleil se montrait en début d'après-midi, passé cette heureuse Saint-Martin.

Comme je ne recevais pas de lettres de Florentin, j'avais peur qu'il n'ait été blessé pendant les derniers combats. Il m'a fallu attendre près d'un mois avant de le voir. Il est arrivé le 9 décembre, à la nuit tombée, par un froid de loup. Le chien n'avait pas aboyé. J'ai su que c'était lui dès qu'il a frappé à la porte. Il nous a embrassés, et pour moi c'était la première fois. Puis il s'est assis à table et s'est mis à dévorer tout ce que nous lui avons donné. Le voir manger ainsi nous faisait plaisir, mais en même temps nous faisait peur. Je me suis rendu compte à quel point il avait changé quand il a relevé la tête. La lumière qui brillait dans ses yeux s'était éteinte, et c'est à peine s'il paraissait nous voir. A nos questions, il répondait seulement :

— *Ché chauvio, paouré moundo !* (« Si vous saviez, pauvre monde ! »)

Et cela a duré longtemps, très longtemps, ce soir-là comme les jours qui ont suivi. Il ne savait dire que ça et semblait poursuivre des pensées terribles. Nous avons compris qu'il fallait lui laisser le temps de se réhabituer, et même si nous avons été malheureux, nous nous sommes efforcés de ne pas le lui montrer.

Au printemps d'après, un matin, il est venu me rejoindre sur le plateau, au premier soleil d'avril. Ce jour-là, sans doute parce que la vie reprenait ses droits, que la nature se réveillait d'un long sommeil, il a pu trouver les mots pour me raconter ce qu'il avait vécu et s'en guérir. Il m'a parlé des tranchées dans lesquelles les hommes pourrissaient en attendant de se battre, des voix qui s'élevaient la nuit, à cinquante mètres les unes des autres, pour évoquer la paix. Il m'a raconté la faim et la peur des soldats qui redevenaient enfants, les combats dans les bois de Villers-Cotterêts sous les obus de l'offensive allemande ; il m'a avoué comment, lors d'une attaque à la baïonnette au Chemin des Dames, il était parti les mains nues et comment, à l'issue de la percée de son bataillon, il s'était perdu au milieu des lignes allemandes, sans armes, mais vivant. Fait prisonnier, il avait été abandonné en route par l'armée ennemie lors de sa retraite. Il a pleuré, ce matin-là, d'avoir voulu mourir alors qu'il savait que je l'attendais, moi, dans le mas qui nous était cher, sous le soleil du causse. Je lui ai expliqué qu'il était bien l'homme que j'espérais : un homme incapable de tuer, qui croyait au sacré de la vie et qui était resté vivant grâce à cela, protégé qu'il avait été chaque jour par le Bon Dieu.

A partir de ce printemps 1919, il a retrouvé le sourire et moi le bonheur. En mai, il m'a dit qu'il fallait penser à se marier, si je le voulais toujours. Non seulement je le voulais, mais je ne pensais plus qu'à cela. Alexis et Augustine ont fixé la date en septembre, autrement dit pour mes dix-huit ans. Je devais encore patienter tout l'été, mais j'avais déjà tellement attendu que je n'ai pas été trop déçue. En juillet, Augustine et Alexis sont allés chez le notaire de Figeac signer un acte par lequel ils nous faisaient, Florentin et moi, leurs héritiers. Nous n'en espérions pas tant et ne voulions pas accepter, mais ils ont prétendu que nous étions leur seule famille et qu'ils étaient trop vieux, à présent, pour s'occuper comme il fallait du domaine. Nous ne savions comment les remercier, et nous nous sommes efforcés de travailler le plus possible pour leur ménager une retraite heureuse, car c'était vrai qu'ils étaient vieux, les pauvres, et qu'ils avaient besoin de nous.

Je me souviens de cet été-là comme d'une des périodes les plus heureuses de ma vie. Le ciel demeurait infiniment bleu, la vie me tendait les bras et Florentin, près de moi, réapprenait le bonheur. Comme c'était bon ! Tout le monde disait qu'il n'y aurait plus jamais de guerre, qu'il y avait eu trop de morts pendant ces quatre ans, que jamais plus les pays ne se laisseraient aller à de telles folies. Je le croyais, bien sûr, parce que j'ai toujours cru au merveilleux, même s'il n'était pas certain. C'est dans ma nature et c'est ce qui m'a permis sans doute de vivre si vieille en gardant le sourire.

Notre mariage a eu lieu un samedi. Mon Dieu! Quand j'y repense! J'avais une belle petite robe bleue de fin mérinos, des rubans dans les cheveux, des souliers vernis, et Florentin un beau costume de velours noir avec un lacet sous sa chemise, en manière de cravate. Je me suis mise en route vers le village au bras d'Alexis, derrière le *pifraïre* [1], en tête du cortège. Nous avions une vingtaine d'invités. Le père de Florentin était mort en 1917, mais nous avions invité sa mère, qui vivait maintenant à Calès, et sa sœur, Léonie, qui vit toujours, je crois, à Paris, à l'heure où je vous parle. Mon futur époux marchait donc au bras de sa mère, en queue de cortège, comme c'était la tradition, et je me retournais de temps en temps pour le regarder. Comme il était beau! Brun, grand et droit, il ressemblait vraiment à ces hommes du causse qui ont l'élégance fière, comme les Espagnols. Et j'ai souvent pensé depuis, en le regardant sans qu'il s'en rende compte, combien la race quercinoise a été marquée par l'occupation sarrasine du Moyen Age. Mais je ne savais pas tout ça, à l'époque, et il me suffisait de me retourner sur le chemin pierreux pour savoir que j'avais de la chance.

Entre nous deux, dans le cortège, il y avait peu de parentèle, mais surtout des amis d'Alexis et Augustine, ravis de participer à l'une des premières noces d'après-guerre. Nous avons bien mis une demi-heure à rejoindre Fontanes, mais c'était parce que à tout moment les jeunes gens s'arrêtaient pour danser. Moi, je n'étais pas peu fière en arrivant sur la place de Fontanes dorée par le soleil! Tous les gens du village étaient venus pour admirer la mariée et participer aux réjouissances à leur

1. Le joueur de flûte.

manière. Le vieux curé, celui qui avait été si bon avec moi, nous attendait sous le porche. Après quelques mots de bienvenue, nous sommes entrés dans la petite église où je m'étais agenouillée si souvent, enfant, pour apprendre mes prières. Il m'a semblé que je redevenais toute petite, toute intimidée aussi de me trouver en présence de tant de monde, moi qui étais tellement habituée à vivre seule en gardant les brebis. Et tandis que le curé commençait à dire la messe, je pensais que j'avais bien de la chance de vivre ces instants, alors que tant de jeunes femmes pleuraient des fiancés ou des maris. Florentin ne me regardait pas. Il se tenait bien droit, comme à son habitude, et je le sentais fier de m'avoir près de lui. Il me semblait que la messe n'en finirait jamais, d'autant que le curé, dans son sermon, parlait de nous avec beaucoup de gentillesse, rappelant comment il m'avait baptisée à la demande d'Augustine, et combien j'avais été une fillette courageuse et dévouée. Devant tant de compliments, sans la présence de Florentin à mes côtés, je me serais sans doute enfuie. Heureusement, le moment que j'attendais tant est arrivé. Quand Florentin m'a passé la bague, le carillon des grands jours s'est mis à sonner dans la petite église illuminée. Augustine m'avait enseigné l'usage selon lequel une jeune mariée devait empêcher l'anneau de descendre au-delà de la deuxième phalange, si elle désirait voir son mari commander avec sagesse. J'ai donc achevé moi-même de pousser l'anneau, ce qui a bien fait rire Florentin qui connaissait la coutume. Enfin nous étions mari et femme !

Je me souviens de ce soleil quand nous sommes sortis sur la place, et de sa chaleur dans le bleu de l'été. Je n'avais jamais été aussi heureuse, alors que nous recevions les félicitations de tous les gens du village, comme c'était la tradition. On m'embrassait, on me serrait les mains et j'avais l'impression que la terre entière participait à mon bonheur.

Alexis et Augustine avaient invité les gens du village

à l'apéritif. On a bu du vin cuit et de l'eau de noix ; tout le monde riait, criait, chantait, s'amusait avec l'impression de redécouvrir quelque chose. Près de nous, un petit vieux tout en os et en moustaches a lancé à la cantonade :

— *Boldrio maï gardat cent moutous près d'un blat, qu'une flhio quan soun cur a parlat.*

Ce qui peut se traduire par : « Il vaut mieux garder cent moutons près d'un champ de blé qu'une fille quand son cœur a parlé. »

Et c'était vrai que pour rejoindre Florentin j'aurais été capable de traverser le monde. Voilà pourquoi je me souviens de ce dicton et de ce petit vieux qui a fini par danser sur les tables, ses sabots à la main.

Après l'apéritif, nous sommes remontés, toujours en cortège, derrière le pifraïre, mais cette fois je marchais au bras de mon mari. Et c'était bon de regagner le mas où nous allions vivre, dans la splendeur de ce début de septembre, entourés d'amis. Là-haut, chez nous, Augustine avait embauché à la journée une cuisinière qui avait préparé un véritable festin. Je ne me souviens pas du menu, mais ce dont je me souviens parfaitement, c'est de la joie de tous et des chansons que nos invités ont chantées. Et particulièrement de celle d'Alexis qui, debout, me regardait en chantant doucement :

Ma fille, ma fille chérie,
Pour me quitter tu t'es mise à genoux,
Tu vas quitter ta chaumière et ta famille attendrie
Pour celle d'un époux.

Va, pourtant, sois heureuse,
Avec qui je t'unis,
Suis l'époux, sois l'épouse,
Enfant je te bénis.

Je récite de mémoire et ce n'est peut-être pas tout à fait ça, mais l'émotion d'Alexis, elle, est restée dans mon cœur. Car c'était vrai qu'il me considérait comme sa fille, et Augustine aussi. J'ai compris ce jour-là combien ils m'aimaient et tenaient à moi. Quelle fête ! Quand tous eurent chanté, que les bouteilles et les plats furent vides, la musique du pifraïre nous a fait danser toute la nuit des *brados,* des *redoundos,* des bourrées et, pour finir, une farandole nous a entraînés sous les étoiles que j'avais l'impression de pouvoir décrocher avec les doigts. Nous sommes même retournés au village en chantant et en dansant pour réveiller des amis ou des proches. Quelques-uns nous ont servi la soupe à l'oignon traditionnelle, après quoi nous avons chanté et dansé de nouveau.

A l'aube, ou presque, nous nous sommes enfin retrouvés seuls, Florentin et moi, riches de notre amour et, en tout et pour tout, de deux paires de draps de chanvre offerts par Augustine. Nous n'avions pas eu besoin de fiançailles ni de contrat de mariage. Nous étions heureux simplement d'être ensemble, heureux comme on savait l'être à cette époque d'avoir chaud l'hiver, de manger à sa faim, de nouer un ruban dans ses cheveux ou de pouvoir acheter une chemise neuve.

Notre chambre était séparée de celle d'Alexis et d'Augustine par la grande cuisine qui servait de pièce commune. Nous l'avions blanchie à la chaux en juillet, et nous y avions apporté une table et une armoire basse dont ne se servaient plus nos deux vieux. C'était la première fois depuis longtemps que Florentin ne dormait pas dans la paille, et nous avons beaucoup ri de son manque d'habitude à coucher dans des draps. Pour le reste, vous pensez bien que je n'en dirai pas plus, sinon que l'amour le plus beau est celui qui se fait sans se dire, en secret, comme tout ce qui touche au sacré de la vie. Ce n'est certes pas le cas aujourd'hui, si j'en crois ce que je vois parfois à la télévision. Ça m'est bien égal. J'ai eu ma part et je l'ai prise avec toute la fougue de ma jeunesse, sans avoir besoin de la faire partager. Tant pis pour ceux qui ont oublié le prix de la tendresse et ne savent pas se satisfaire de la chaleur d'une peau. C'est le seul remède qui guérisse de tous les maux, même des plus douloureux.

Le lendemain, qui était un dimanche, nous avons fait notre voyage de noces sur les chemins du causse. Nous sommes partis à pied, de bonne heure, notre « manger » dans un panier, vers Espédaillac et Livernon. Nous nous sommes promenés en faisant des projets et en parlant des enfants que nous aurions, comme le font depuis toujours les jeunes mariés. Il faisait bon traverser les bois de chênes qui commençaient à rouiller. Florentin, de temps en temps, me prenait le bras et m'embrassait. Je n'avais rien à espérer de plus. J'avais déjà tout ce que je voulais. La chanson des sonnailles nous accompagnait, le soleil chauffait les grèzes criblées de sauterelles et de grillons, les martinets se poursuivaient dans le ciel bleu où je lisais, en levant la tête, une promesse d'éternité.

4

L'AUTOMNE et le début de l'hiver ont passé comme dans un rêve. A Noël, cette année-là, la neige nous a obligés à rester enfermés pendant une longue semaine, et nous avons eu toutes les peines du monde à descendre à Fontanes pour la messe de minuit. Puis la neige a fondu, mais il a continué de faire très froid. Nous étions heureux tous les quatre, là-haut, et nous ne nous attendions pas du tout à ce qui allait arriver à la fin de février. Ce soir-là, Alexis, qui était allé porter un outil dans la bergerie, a tardé à rentrer. Ni Augustine ni moi n'étions vraiment inquiètes : il lui arrivait souvent de s'asseoir sur son banc, au milieu des brebis, pour leur parler avec cette voix de gorge qui semblait les charmer :

— Tchouno, tééé ! Pécaïré, mééno, mééno, disait-il, tandis qu'elles se frottaient contre ses jambes en bêlant doucement.

C'était l'un de ses plaisirs, et nul ne se serait avisé de le lui mesurer. Je l'avais vu faire plusieurs fois et j'avais retenu ce « langage » que lui avait enseigné son père, prétendait-il, dès qu'il était devenu pastre, à l'âge de dix ans. Il en avait près de quatre-vingts et venait de vivre son dernier Noël. Je l'ai compris tout de suite en voyant la tête de Florentin qui revenait de la bergerie. Il ne savait comment nous annoncer qu'Alexis était mort, mais nous l'avons deviné toutes les deux en même temps. Augustine s'est levée lentement, sans un cri, pour aller le rejoindre. Elle avait senti depuis quelque temps qu'il s'en allait sans douleur, d'une mort douce et paisible. Nous l'avons trouvé couché sur le dos, dans la paille, avec un visage bien lisse et sans la moindre peur. Nous l'avons transporté dans la chambre, et Florentin est parti prévenir le curé au village. Au milieu de la nuit, pendant la veillée, Augustine lui a parlé avec des mots si simples et si beaux qu'il m'en reste encore quelques-uns dans la mémoire :

— N'aie pas peur, mon homme, lui disait-elle, je vais venir bientôt. Qu'est-ce que je pourrais faire sans toi, ici ? Ça fait soixante ans qu'on se connaît et à l'idée de rester seule, je n'ai plus de forces. Ne pars pas trop loin, surtout, que je puisse te retrouver vite…

Enfin des choses qui vous donnent goût à la vie, même quand la mort est là. Elle lui a parlé jusqu'au matin, lui caressant les cheveux ou l'embrassant de temps en temps, comme un enfant.

Elle a tenu parole, la pauvre Augustine, en s'en allant deux mois plus tard d'une pneumonie, mais sans trop de souffrances. Si bien qu'à l'été 1920 mon mari et moi, nous sommes restés seuls au Mas del Pech qui, maintenant, par la volonté des défunts, nous appartenait. Par respect pour eux, cependant, nous n'avons rien touché dans la maison et nous avons continué à vivre comme s'ils étaient toujours là, excepté le jour où, comme le voulait la coutume, nous avons dû inviter les gens du village, au retour de chez le notaire. Ce jour-là, nous avons pu compter nos amis : le vin aidant, en effet, les langues se sont déliées. « Vous avez bien de la chance, tous les deux, d'hériter ainsi d'un domaine », nous disait-on avec un air entendu ; et on voyait bien qu'il y avait un peu d'envie dans ces propos. Mais *raï*[1] ! ce n'est pas le cœur qui rend envieux, c'est la

1. Expression typique du Quercy qui peut se traduire par « peu importe ! ».

pauvreté et la peur de manquer. Or personne sur notre causse n'était à l'abri de la maladie pour ses enfants ou de l'épidémie pour son troupeau. Hériter ainsi d'un domaine représentait effectivement une chance dont nous ne nous rendions sans doute pas compte, car nous n'avions manqué de rien. Nous étions bien embarrassés, Florentin et moi, de cette chance, et il nous semblait qu'elle ne nous porterait pas bonheur, car nous ne l'avions pas méritée.

Ce que nous redoutions est arrivé six mois plus tard, le jour où le notaire est monté chez nous pour nous dire qu'un héritier d'Alexis et Augustine s'était manifesté, et qu'il avait l'intention d'attaquer le testament en justice. Je me suis tout de suite souvenue d'une prière que murmurait Augustine avant le repas du soir, et qui disait :

« Mon Dieu, soyez remercié pour ce pain que Vous nous donnez et protégez-nous de la maladie et de la justice. »

C'est que tous les gens de la campagne, alors, craignaient les procès comme la peste, car ils étaient pour eux synonymes de ruine et de malheur. Ils en ont toujours la même opinion aujourd'hui, d'ailleurs, et ils ont bien raison. Ce n'était pas l'avis du notaire qui avait un ami avocat et qui nous engageait à nous défendre en nous assurant que les juges nous donneraient raison. Mais nous sentions bien, Florentin et moi, que nous n'avions aucun droit sur ce domaine : il nous avait été donné. Nous ne l'avions pas gagné. Il n'était pas à nous.

Après deux ou trois jours de réflexion, nous avons fait dire au notaire que nous allions partir. Oh ! je sais bien que tout ça peut paraître ridicule aujourd'hui, car les gens ne s'embarrassent pas tant de scrupules, mais Alexis et Augustine nous avaient appris que l'honnêteté permet de garder le respect de soi-même et des autres. Puisqu'un héritier jusqu'alors inconnu s'était manifesté, le domaine des Bonneval devait lui revenir.

— Ecoutez ! nous a dit le notaire, si vous ne voulez

pas plaider, c'est votre affaire, mais laissez-moi au moins m'occuper d'un arrangement à l'amiable.

Nous lui avons dit de faire pour le mieux, mais nous avons maintenu notre décision de partir. Et c'est dans ces tristes circonstances que je suis tombée enceinte, au printemps de l'année 1921. Je me souviens d'avoir été l'annoncer à Florentin dans la bergerie, là où je l'avais retrouvé si souvent, au temps où nous faisions connaissance. J'avais un peu peur qu'il réagisse mal, et je me sentais même un peu coupable.

— Merci pour l'enfant que tu m'as donné, lui ai-je dit en m'asseyant près de lui.

Ah ! mon Florentin, comme il a souri ! Il était aussi heureux que moi, alors que ni lui ni moi ne savions sous quel toit nous allions dormir avant la fin de ma grossesse. Non content de sourire, il m'a dit d'une voix qui portait toute la tendresse du monde :

— Faisons-lui le plus beau des cadeaux, à ce petit, gardons confiance !

C'est ce que nous avons fait pendant les longs mois où le notaire s'est occupé de notre affaire, malgré l'incertitude et la peur de nous retrouver sans maison ni travail. Je ne sais pas si mon enfant en a souffert, toujours est-il qu'il n'a pas vécu. Je l'ai mis au monde le 6 janvier 1922 et il est mort une heure plus tard. J'ai eu simplement le temps de le voir, de le sentir et de savoir que je ne l'oublierai jamais. Dieu me l'avait donné et me l'avait repris. Pourquoi ? J'ai cherché longtemps à comprendre. Peut-être a-t-Il pensé qu'il serait mieux près de Lui que près de moi, que je n'étais pas prête à l'aimer comme il le fallait ou que, sans le vouloir, je lui aurais fait du mal. Quelles nuits j'ai passées à réfléchir, à m'interroger, à tenter de deviner ce qui m'avait valu cette épreuve ! Et puis je me suis dit que vouloir comprendre, c'était montrer trop d'orgueil. J'ai senti que je devais me contenter d'aimer, et j'ai placé cet enfant mort dans un coin de mon cœur, bien au chaud, pour lui parler, le caresser, le cajoler avant de le retrouver pour de bon dans l'éternité.

Un mois plus tard, en février, le notaire est revenu nous voir avec un air désolé :

— Voilà ce que j'ai obtenu pour vous, nous a-t-il dit : six brebis, 1 000 francs et quelques meubles. Est-ce que vous acceptez ?

C'était plus que nous n'en espérions. Malgré son insistance, ses conseils de refus, nous avons donné notre accord à cet arrangement, en demandant simplement trois mois avant de quitter le mas. Nous avons pu obtenir ce délai sans trop de difficultés. Ensuite, dès que la nouvelle a été connue dans le pays, tous nos amis sont venus nous conseiller de plaider, mais ni Florentin ni moi n'avons cédé. Quinze jours plus tard, nous sommes allés signer des papiers chez le notaire en présence de l'héritier, un homme d'une cinquantaine d'années, brun et gros, portant des moustaches à la gauloise, qui ne nous a pas fait bon accueil. La discussion avec Florentin et le notaire a failli mal tourner, mais j'ai fait comprendre à mon mari que ça ne servait à rien. Nous avions pris une décision de sagesse, il fallait s'y tenir. Nous sommes repartis avec nos 1 000 francs après avoir donné notre parole que le notaire pourrait surveiller notre déménagement. En somme, l'héritier nous considérait un peu comme des voleurs, et c'est cela qui, ce jour-là, m'a fait le plus de peine.

Il fallait trouver rapidement un endroit où habiter. Florentin avait l'idée de retourner chez lui, à Couzou, où on le connaissait, ou alors à Calès où vivait maintenant sa mère. Il a fait plusieurs voyages là-bas, tandis que je continuais à garder les brebis, seule, songeant à mon enfant et à ce changement brusque dans notre vie. Qu'allions-nous devenir ? J'allais devoir quitter Fontanes, le mas où j'avais été si heureuse et le cimetière où reposaient Johannès, Alexis, Augustine et mon enfant disparu. Il me semblait que je n'en aurais jamais la force, et j'avais bien besoin de la présence de Florentin, le soir, pour trouver le sommeil.

Un mois plus tard, il est rentré tout content et m'a dit :

— J'ai trouvé à acheter une petite maison et une grange entourées d'un enclos. Elles ne sont pas en bon état, mais je saurai les rendre agréables. Avec ça, il y a aussi, à moins d'un kilomètre, une garenne sur le rocher. Tu pourrais t'occuper des brebis et je me ferais perrier. Qu'en penses-tu ?

Je ne savais pas alors ce qu'était un perrier. Florentin m'a expliqué que c'était un homme à la fois carrier et maçon. Il a ajouté qu'il avait travaillé pendant six mois chez un maçon avant d'être placé à Fontanes, et que c'était un métier qui lui plaisait bien. Mais il n'a pas voulu prendre de décision définitive avant que je n'aie vu la maison. Nous y sommes allés un dimanche. J'étais bien décidée à accepter, car il me suffisait de savoir que nous aurions une petite maison à nous. Pauvre de moi ! Quand nous y sommes arrivés, après deux heures de route en charrette, j'ai découvert une masure au toit crevé, et une grange dont l'un des murs commençait à s'ébouler. Je n'ai pas voulu montrer ma déception devant Florentin, mais mon cœur s'est serré. Il y avait cependant un puits à dix mètres de la porte d'entrée, et un enclos assez grand qui faisait le tour de la maison, ombragé par un tilleul et un noyer. Florentin, qui s'était renseigné, avait appris qu'on pouvait emmener paître les brebis dans les communaux qui se trouvaient à moins d'une demi-heure de marche, sur la route de Calès. De toute façon, je savais bien que nous n'avions pas assez de sous pour acheter autre chose. J'ai suivi Florentin à la garenne où le vendeur avait déjà commencé à creuser une carrière, et là j'ai compris qu'il tenait beaucoup à prendre cet état de perrier. J'ai donc accepté d'autant plus volontiers qu'il paraissait heureux. Je n'en demandais pas davantage.

Ce dimanche-là, nous avons poussé jusqu'à Rocamadour que je n'avais encore jamais vu, et j'ai adressé de nombreuses prières à la Vierge noire pour qu'elle nous aide à franchir ce cap difficile. A partir de ce jour, Florentin est parti chaque lundi matin pour Couzou afin d'arranger notre maison, et je suis restée seule des semaines entières avec mes brebis, sans avoir le goût ni l'envie de me rendre au village pour trouver un peu de compagnie. Il revenait simplement le samedi soir et me racontait ce qu'il faisait là-bas, l'avancement des travaux, les difficultés qu'il rencontrait, et l'aide précieuse que lui apportait un Italien nommé Fausto, qu'il avait embauché. Qu'ils m'ont paru longs ces trois mois ! Il me semblait que nous n'en finirions jamais d'être séparés, et pourtant je me désolais aussi d'avoir à quitter mes brebis que je connaissais toutes par leur nom, et parmi lesquelles je devrais bientôt choisir. Il m'arrivait, la nuit, d'aller dormir avec elles, et leur odeur, leur chaleur réveillaient en moi des sensations, des souvenirs qui me réconfortaient. Ah ! dormir dans la paille ! Qu'est-ce que je donnerais aujourd'hui pour connaître ce plaisir ! Cela ne m'est plus possible, hélas, mais si je ferme les yeux, je retrouve tout ce que j'ai perdu, et c'est si fort, si délicieux, qu'il me semble avoir de nouveau vingt ans.

En juin 1922, j'ai été faire mes adieux au vieux curé qui souffrait de rhumatismes et avait beaucoup de mal à se déplacer. Nous avons discuté longtemps, sur le banc de pierre, devant l'église, et il m'a dit avant de me quitter :

— Que Dieu te donne la force d'aimer ceux qui t'ont fait du mal.

Je ne l'ai plus revu. Il est mort l'hiver suivant, après d'atroces souffrances, m'a-t-on dit, et je me suis consolée en me disant que le Bon Dieu devait lui avoir gardé une place tout près de Lui. Je n'ai pas revu non plus mon institutrice qui ne se trouvait pas à Fontanes, ce jour-là, et qui est morte, elle, en 1924. J'aurais pourtant tellement voulu la remercier de m'avoir appris à lire et à écrire ! C'était ainsi ; il fallait partir. Je me souviens d'avoir fait une dernière promenade sur les collines que j'aimais tant. Ce mois de juin-là était si beau, si chaud, que les grèzes crépitaient comme des brindilles dans un foyer. Il me semblait que je marchais dans la lumière. Tous les parfums du causse se levaient comme s'ils avaient envie de me dire au revoir : celui du fenouil, des genièvres, de la mousse, des chênes nains, des pierres chaudes, de l'herbe rase déjà blonde. Je me suis allongée un moment à l'ombre d'un genévrier, dans la combe où nous avions tant ri, avec Elodie et Marguerite ; j'ai suivi tous les sentiers que j'avais parcourus dans mon enfance, j'ai couru sur le chemin qu'avait pris Florentin, en 1917, j'ai revu les plateaux, les combes, les coteaux où j'avais mené mon troupeau, puis je me suis arrêtée pour pleurer dans une grèze toutes les larmes que je retenais depuis de longs jours. Quand j'ai été soulagée, j'ai compris qu'il ne servait à rien de vouloir revivre ainsi le passé, que la vie, c'est le temps que l'on a devant soi, et que les souvenirs blessent mais ne guérissent pas. Je suis repartie vers le mas où Florentin m'attendait.

Nous avons déménagé un samedi, en présence du notaire, comme convenu. Il m'a laissé choisir les six brebis et ne s'est pas montré trop regardant pour les meubles. Deux charrettes ont suffi pour emporter tout ça. Quand je suis arrivée dans notre maison, j'ai été agréablement surprise : Florentin avait réparé le toit, relevé les murs de la bergerie, refait les joints avec un ciment de chaux et de sable, nettoyé l'intérieur, blanchi les murs des pièces, repeint les fenêtres, et c'était devenu un véritable petit palais. Petit était d'ailleurs bien le mot qui convenait, parce que nous n'avions qu'une grande cuisine (qu'on appelle un *oustal*), une souillarde et une petite chambre. Celle-ci communiquait avec la bergerie par une porte, mais Florentin l'avait condamnée, puisqu'il y avait dans la cuisine un grand cantou, lui aussi remis en état, où l'on pourrait brûler le bois des chênes de notre garenne. Je me suis aperçue que mon mari savait tout faire avec ses mains, et qu'il n'avait pas perdu de temps pendant que j'étais seule, là-bas, à Fontanes.

Il ne s'est pas passé un mois que nous avions déjà tout ce qu'il nous fallait : une crémaillère dans le cantou, avec son étrier pour suspendre la marmite, des landiers de fer, des pincettes, un soufflet, un trépied où je posais mes *toupis* [1]. Dans un angle, près du cantou, Florentin avait placé le coffre à sel qu'il avait construit lui-même et, à l'opposé, un saloir taillé dans la pierre. Nous avions aussi une longue table en noyer, deux bancs, deux chaises, une cruche, un seau en bois, un autre en fer-blanc, un garde-manger suspendu au plafond par une ficelle de lieuse passant dans une poulie, une vieille quenouille que j'avais réussi à réparer et dont je comptais bien me servir pendant les veillées pour filer la laine, comme me l'avait appris Augustine.

Notre chambre était étroite, mais on pouvait quand même y loger deux lits, un grand et un petit. Nous avions pu emporter un gros matelas de laine, une couette, un oreiller de plume et un petit buffet en merisier qui me servait d'armoire. Nous disposions également d'une bassinoire, de trois couvertures de laine et, pour s'éclairer, d'un calel dans la cuisine et de chandelles dans la chambre. Nous espérions pouvoir acheter l'huile et la farine avec les sous que gagnerait Florentin, mais aussi, le plus vite possible, un cochon qui, si nous en utilisions la viande et le lard avec économie, nous durerait toute l'année.

Notre nouvelle demeure était simple, propre, à notre mesure. Je crois bien que je l'ai aimée, cette maison, de la même manière que j'ai aimé ma famille. Nous étions à l'abri, nous avions chaud, nous mangions à notre faim ; bref, nous avions tout pour être heureux, d'au-

1. Marmites.

tant plus qu'une nouvelle espérance était née en moi avant la fin de l'été : j'attendais un deuxième enfant. Florentin a été aussi content que la première fois, et m'a dit avec ce sourire dont il ne se servait que lorsqu'il était ému :

— J'espère que nous pourrons le garder longtemps près de nous ; ce serait tellement dommage de le perdre maintenant que nous avons un si joli petit nid.

J'avais si peur de ne pas aller au bout de ma grossesse que je me rendais chaque jour dans la petite église de Couzou cachée sur une placette à l'écart de la route. Il m'est même arrivé, au quatrième mois, d'aller à pied à Rocamadour, pour y prier la Vierge noire de bien vouloir donner des forces à mon enfant. Elle m'a écoutée. Je ne lui demandais rien pour moi. Je n'avais peur que pour lui. J'aurais donné ma vie pour que Florentin connaisse le bonheur d'être père. Je me faisais tout humble, toute petite, afin de ne pas priver mon enfant du moindre bénéfice de ce que je mangeais, de ce que je respirais. Et c'est en prenant bien soin de lui que je faisais connaissance avec notre nouveau village.

Il étirait ses maisons basses, pour la plupart, tout le long de la route qui mène de Gramat à Rocamadour. Cette grand-route recevait celle, plus petite, de Calès et, plus loin, celle de Carlucet. Les gens y étaient simples et vivaient, comme nous, chichement. Certains possédaient de la terre où les cultures venaient difficilement. D'autres étaient artisans, mais la majorité vivait de l'élevage des brebis, et certains troupeaux approchaient les cent têtes. Dans les pâtis communaux, je retrouvais souvent une vieille qui venait de la colline d'en face, avec une dizaine de brebis et trois chèvres. On disait dans le village qu'elle avait le mauvais œil et pouvait faire crever un troupeau tout entier. Moi, je n'y croyais pas. Il y avait longtemps que mon institutrice m'avait éclairci les idées sur les prétendues sorcières et les superstitions des campagnes. En tout cas, je ne sais pas si c'était à cause de sa présence ou bien parce qu'ils avaient d'autres grèzes où mener leurs brebis, mais les pastres du village ne venaient guère dans les communaux.

J'ai eu alors tout loisir de faire connaissance avec la « sorcière » qui s'appelait Philippine et vivait seule dans son mas perdu au milieu des chênes. Je lui dois de m'avoir appris à fabriquer des onguents et des cataplasmes, avec les herbes qu'elle enfouissait dans son tablier noir agrafé en forme de poche sur son ventre. Je n'ai jamais connu personne comme elle pour deviner de loin les grappes de sureau, le bouillon blanc, les mûres juteuses, les orties, les pissenlits, les étoiles bleues des bourraches ou les calices délicieux du chèvrefeuille. Le jour où je lui ai avoué que j'étais une enfant trouvée, elle m'a répondu que je recevrais des nouvelles de ma mère avant de mourir. Je n'y ai pas cru, bien sûr, et j'ai pensé qu'elle n'avait peut-être pas toute sa tête. Comment aurais-je pu supposer un instant qu'elle disait la vérité ? J'ai oublié, comme j'oubliais déjà Fontanes en m'habituant à Couzou dont les après-midi lumineux résonnaient de la chanson des sonnailles et des heures comptées au clocher.

Comme la carrière n'était pas tout à fait prête à fonctionner et que nous n'avions ni agneaux ni brebis à vendre, nous vivions sur le peu d'argent qui nous restait. Je vendais du lait, des fromages, et j'achetais la farine nécessaire pour notre pain. Florentin avait apporté du Mas del Pech une petite barrique de vin que je lui laissais volontiers. Moi, je me contentais de l'eau du puits qui était claire et fraîche comme celle d'une source. Mon Dieu ! Quand j'y repense ! Je me demande comment j'ai réussi à porter mon enfant jusqu'au bout. Pourtant, nous n'avons jamais perdu confiance ou douté de l'avenir, même pendant l'hiver 1922 durant lequel, malgré le froid, Florentin sortait chaque jour les brebis, puisque nous n'avions pas de quoi acheter du fourrage. Moi, je restais au coin du feu à l'attendre, à filer à la quenouille, à prier pour lui, pour notre enfant, pour les agneaux qui allaient naître bientôt. Bien au chaud dans mon cantou, je ne me faisais pas trop de soucis : il me semblait que le printemps éclairerait de nouveau notre vie, et qu'il me suffisait d'être patiente. Rien ne s'y opposait, puisque j'avais du pain et de l'eau à suffisance.

J'ai accouché de mon fils le 9 mars 1923, assistée par une sage-femme de Couzou, Mme L..., à qui je dois d'être en vie aujourd'hui. Car mon fils, que nous avons appelé Eloi, se présentait mal, et j'ai souffert pendant plus de huit heures avant d'en être délivrée. J'ai compris, ce jour-là, le sens du proverbe quercinois qui dit : « Mieux vaut fille née que garçon à naître. » Mais il n'était pas d'usage alors d'aller accoucher dans les hôpitaux ou les maternités, et bien des femmes mouraient pendant le travail, ou après la délivrance, des fièvres puerpérales. Heureusement les sages-femmes des villages — celle de Couzou comme celle qui m'avait assistée au Mas del Pech — possédaient une telle expérience qu'elles parvenaient à sauver les situations les plus compromises.

Quand j'ai entendu crier mon enfant, que j'ai senti sa peau contre la mienne, il m'a semblé que c'était le premier qui me revenait en plus beau, en plus fort, et que rien ni personne ne pourrait jamais me l'enlever. Il était tellement vigoureux que dès les premiers jours il n'a pensé qu'à une seule chose : prendre du lait. Je lui en donnais volontiers, le gardais dans mon lit, ne cessais de le caresser et de l'embrasser. Je n'étais plus seule. La maison me semblait habitée par des voix et des rires qui me tenaient chaud, me rendaient rapidement des forces. Aussi me suis-je levée bien avant la date prévue, et sans en souffrir d'aucune manière.

J'avais tricoté à mon fils un petit couffet blanc, et je l'emmaillotais dans des pièces de vieux draps que je recouvrais d'une légère couverture en coton. Pour repasser ses couches, j'utilisais une pierre chaude, celle qu'on trouvait dans tous les foyers, et qu'on appelait *lo cout.* Ainsi traité, mon petit se sentait tellement bien qu'il ne pleurait jamais et s'endormait dès que je le couchais dans le berceau qu'avait construit Florentin. Je n'avais même pas besoin de le bercer en appuyant du pied sur les demi-cerceaux sur lesquels reposait le petit lit, et qui étaient bien utiles pour les mamans qui voulaient tricoter ou coudre en même temps. Comme il était calme et doux, cet enfant ! Il souriait quand je lui chantais ces refrains que m'avait appris Augustine, là-bas, au Mas del Pech :

Sounsoun, sounsoun.
Lo sounsoun séro léou oïchi[1]...

Et je demeurais de longs moments à le regarder endormi, persuadée que celui que j'avais perdu et celui-là ne faisaient qu'un, apaisée par la certitude de pouvoir veiller sur lui jour et nuit.

Je n'ai pas voulu attendre pour le faire baptiser. D'ailleurs, il était d'usage de baptiser les enfants dans les premiers jours, sinon dans les premiers mois de leur naissance. Comme nous n'avions pas encore beaucoup d'amis, la marraine était la mère de Florentin (qui nous aidait de son mieux depuis notre déménagement), et le parrain, l'un de ses oncles qui habitait un moulin de la vallée de l'Ouysse. Nous n'avions pas les moyens de jeter des dragées aux enfants du village, comme c'était la coutume, mais le parrain a donné une petite pièce aux quatre enfants de chœur. Nous avons aussi invité le curé pour boire un verre et manger le gâteau de maïs que j'avais cuisiné avant de partir, et nous avons passé l'après-midi à faire des projets pour notre fils qui ne cessait de sourire aux uns et aux autres. Puis chacun est reparti dans sa maison, et, dès le lendemain, Florentin

1. « Dodo, dodo. Le dodo sera bientôt ici... »

a regagné sa carrière, tandis que je reprenais la garde du troupeau avec mon enfant dans les bras.

Il m'est alors souvent venu à l'esprit la pensée de celle qui m'avait abandonnée. Je me disais qu'elle devait être bien malheureuse. Comment une femme peut-elle abandonner son enfant après l'avoir serré contre elle et avoir senti la chaleur de sa peau ? Comme elle devait avoir souffert, la pauvre ! J'ai eu à cette période de ma vie très envie de la retrouver, de la consoler, pour qu'elle sache ce que j'étais devenue et lui dire que je ne lui en voulais pas. Et puis j'ai pensé qu'elle me surveillait peut-être de loin, si elle n'était pas morte, et qu'elle se réjouissait de me savoir heureuse. C'était la seule manière de ne pas trop rester tournée vers le passé et de ne pas me gâter le cœur.

Les agneaux aussi étaient nés, tous en bonne santé et prompts à donner des coups de tête dans le ventre de leurs mères. Ils gambadaient dans la grèze avec beaucoup de grâce et d'agilité. Comme quoi les petits des bêtes viennent au monde beaucoup mieux armés que les petits des hommes. Nous ne sommes pas si supérieurs à elles qu'on le dit souvent. Si les hommes avaient moins d'orgueil et plus de sagesse, ils regarderaient davantage vivre les animaux et les plantes. Mais c'est un vent fou qui les emporte et les pousse à courir sans savoir pourquoi, sans prendre le temps de regarder autour d'eux. Pourtant, quand le printemps est là, quand l'herbe se met à pousser entre les pierres, il y a plus à apprendre d'elle que de toutes les machines qu'ils ont inventées. Mais qui le sait aujourd'hui ?

5

Le jour où j'ai vu revenir Florentin de Gramat avec de la poudre, des cartouches et du cordon, j'ai compris que le métier de carrier n'était pas sans danger et j'ai vraiment eu peur. Aussi, quand la première explosion a ébranlé le causse un après-midi de mai, je n'ai pu m'empêcher de courir vers la carrière après avoir confié mon petit troupeau à Philippine. J'y suis arrivée en sueur, à bout de souffle, et Florentin, tout étonné, m'a demandé :

— Qu'est-ce que tu fais là ?

Je n'ai pas eu besoin de répondre pour qu'il comprenne. Il a essayé de me rassurer en disant :

— Tu vois, il me suffit d'une seule explosion pour avoir des pierres à tailler pendant une semaine. Regarde comme elles sont belles !

C'est vrai qu'elles étaient belles, ces pierres blondes qui fumaient doucement dans le soleil, comme si elles respiraient. Je les aimais depuis que j'avais appris leur chaleur, enfant, et que je les savais vivantes. Je les ai regardées un moment avec Florentin qui les aimait autant que moi. Je l'ai compris en voyant qu'il les caressait, avant de se servir de sa massette et de son burin. Il était heureux de ce travail qu'il avait choisi, et je suis remontée au village pour retrouver mon troupeau, d'un pas plus léger et l'esprit en repos.

A partir de ce jour, l'ouvrage ne nous a pas manqué.

C'est un paysan de Couzou, M. S..., qui nous a passé la première commande pour la construction d'une grange, sur la route de Calès. Un roulier transportait les pierres de la carrière au chantier et aidait Florentin à monter les murs. Nous avons gagné ainsi nos premiers sous, et nous avons pu acheter avant l'hiver un mulet, un cochon et un bélier. Comme le roulier préférait courir les routes, Florentin a embauché l'Italien qui l'avait aidé à réparer notre maison. C'était un colosse qui comprenait à peu près le patois. Il s'appelait Fausto, était originaire du Piémont, je crois, et il mangeait comme quatre. Je m'en souviens très bien, parce que les premiers temps il prenait ses repas avec nous et couchait dans la bergerie.

Ainsi notre vie s'est organisée d'elle-même, et nous avons gagné plus de sous que je n'en avais jamais vu. Je sais aujourd'hui que ce n'était pas grand-chose, mais quand on a vécu pendant des mois de pain, d'eau et de fromage, on mesure à leur juste valeur quelques pièces d'avance. Dans ma vie, j'en ai eu quelquefois plus que je n'en espérais, d'autres fois pas du tout, mais je ne m'en suis pas formalisée : j'ai toujours trouvé le ciel plus beau que l'argent. Je suis ainsi : être née presque nue m'a préservée de l'envie et je sais que ç'a été pour moi une grande chance.

Ah ! comme nous avons été heureux à ce moment-là, dans ce village paisible où personne ne jalousait personne et où l'on n'avait pas peur du lendemain ! La vie était lente et calme, dans ces années vingt, sur les hauteurs de notre causse. On y prenait le temps de se déplacer, de respirer, et surtout de regarder autour de soi. Le moindre petit événement devenait une joie. Ne serait-ce que l'arrivée d'un colporteur ou d'un drapier à qui, pour quelques sous, on achetait un bout de tissu, des rubans, de la dentelle, du fil et des aiguilles. On ne se méfiait pas, alors, comme aujourd'hui, des gens que l'on ne connaissait pas. On les faisait entrer et on leur versait le verre de l'amitié. Et ils étaient nombreux, ceux qui couraient la campagne : outre les colporteurs, il y avait les ramoneurs, les rempailleurs de chaises, les scieurs de long, les étameurs, les aiguiseurs de couteaux, toutes sortes de petits artisans qui cherchaient leur pain et que l'on accueillait sans façons.

Nous achetions un peu de farine à ceux qui cultivaient quelques terres et qui en cédaient volontiers. C'était de la farine de seigle et non pas de froment. J'aimais beaucoup le contact de la pâte sous mes doigts depuis qu'Alexis, au Mas del Pech, m'avait appris à pétrir. Une poignée de sel, un peu de levain, et j'enfonçais mes bras dans la pâte jusqu'à ce qu'elle casse en l'étirant. Comme j'aimais faire mon pain ! Il me semblait que j'apportais aux miens la nourriture essentielle de la vie, que de moi dépendaient leur santé, leur bonheur. Je me revois devant ma longue table en noyer brut, pétrissant, étirant, pliant la pâte, tandis que mon fils me regardait en apprenant à marcher dans son parc en bois qu'avait fabriqué Florentin à ses moments perdus. « Moments perdus » est une façon de parler, car il ne s'arrêtait jamais de travailler, même le dimanche. C'était ce jour-là, précisément, qu'il s'occupait de la maison, réparait, clouait, rabotait, tandis que je restais près de lui pour profiter le plus possible de sa présence.

J'allais cuire le pain au four communal où j'apportais, en même temps, les fagots de chêne que je confectionnais en gardant les brebis. Comme les femmes du village se succédaient devant le four, il restait chaud toute la journée, et la pâte cuisait rapidement. Je retirais mes tourtes dorées avec une longue perche en peuplier terminée par une palette, et je les emportais comme un trésor dans notre maison. Une fois là-bas, je les goûtais avec un peu de beurre salé. C'était un délice que ce pain chaud et croquant qui ne ressemblait pas du tout à ce que l'on mange aujourd'hui. Rien que d'en parler, il m'en vient le goût dans la bouche, malgré les soixante ans et plus qui me séparent de ces moments bénis. Et il m'arrive souvent, en fermant les yeux et en le voulant très fort, de revivre des instants de ma vie. C'est un des avantages de la vieillesse que d'apprendre à regarder à l'intérieur de soi. Dans ces moments où je revis le passé, il me semble que le temps s'est brusquement effacé. Les mêmes sensations, les mêmes parfums, les mêmes pensées se réveillent en moi et me transportent en arrière avec l'impression d'un bonheur un peu fou. Pourquoi ? J'en ai cherché longtemps la raison, et je sais aujourd'hui que nous ne sommes vraiment heureux que lorsque le temps s'arrête. Tout simplement parce que c'est notre vraie nature qui resurgit, celle de notre esprit éternel, et qu'elle nous comble alors d'une vraie joie. Voilà ce que m'a appris le goût du pain de seigle chaud. Ce qui prouve que dans la vie le plus simple est aussi le plus important.

Malheureusement, ce n'est pas le pain d'aujourd'hui qui pourrait me donner autant de plaisir qu'à l'époque où je le cuisais. Nous vivons désormais à l'heure des boulangeries industrielles, et il ne fait pas bon le conserver plus de quarante-huit heures. Le nôtre, je le gardais quinze jours dans une huche placée près du buffet, et il restait dur et ferme sous la dent. Raï ! Cuire le pain n'était pas mon seul plaisir, d'autant plus que je n'étais pas bien exigeante. Et je m'arrangeais toujours pour trouver ce plaisir dans le travail, ce qui est le propre de ceux qui, ne possédant pas grand-chose, font leur profit de tout.

Deux fois par an, une au printemps et l'autre à l'automne, je faisais la *bugado* [1]. Ce jour-là, le troupeau restait à l'étable, car j'étais occupée de l'aube jusqu'à la nuit. J'avais soigneusement gardé les cendres du cantou et c'étaient elles qui me servaient de « lessif ». Il fallait verser l'eau quatre ou cinq fois, avant qu'elle ne coule claire sous le robinet de la lessiveuse, ce qui prenait

1. La lessive.

toute la matinée. A midi, je mangeais vite avant de partir sur la charrette tirée par le mulet dans l'étroite vallée de l'Ouysse, pour rincer mes draps au lavoir. Les premières fois, je n'avais pas été très rassurée de partir seule en tenant les rênes d'une bête qui n'avait pas bon caractère. Ce mulet avait même mordu Florentin, et il avait fallu du temps avant qu'on en devienne maîtres. Il s'appelait Lou Fé. C'était son ancien propriétaire qui l'avait baptisé ainsi, à force de répéter que ce mulet avait *lou fé dé Diou* « le feu de Dieu ». Moi, j'essayais de m'en faire obéir par la douceur, et non pas par la force. J'ai d'ailleurs toujours eu la chance de bien m'entendre avec les bêtes, que ce soit avec lui, avec les chiens ou avec les brebis. Je savais d'instinct leur parler, les caresser, me faire comprendre d'elles. Je crois que ça tient au fait que mes premiers jours de vie se sont passés au milieu d'elles.

Cette connaissance m'était bien utile les jours où je descendais jusqu'à l'Ouysse, avec un lourd chargement de draps et de linge sur ma charrette. J'empruntais une petite route qui sinue à flanc de rocher le long d'un coteau dépourvu de la moindre végétation. Mon fils sur mes genoux, je n'étais pas peu fière, même s'il me tardait d'arriver. Et comme c'était bon de me réfugier dans l'ombre fraîche du lavoir après une heure de route sous le soleil ! La chanson de l'eau vive et la présence des femmes qui engageaient aussitôt la conversation me rendaient joyeuse. Je m'agenouillais sur mon *banchou*[1], et frappe que je te frappe sur les draps qui dérivaient vers l'aval, entraînant avec eux un petit nuage blanc au-dessus duquel voletaient des libellules bleues. Nous nous aidions pour essorer les draps, et il n'était pas rare d'attendre qu'une des lavandières ait fini son ouvrage pour lui « donner la main ». Quelle paix coulait sur nous pendant ces après-midi de soleil,

1. Planche de bois inclinée munie d'un support horizontal pour s'agenouiller.

dans ce petit lavoir ! Eloi poursuivait les sauterelles dans le pré, essayait d'attraper à la main les gardèches frétillantes, et c'était pour lui aussi une fête que toute cette eau fraîche, deux fois l'an, qui nous changeait un peu des pierres et des grèzes.

Parfois une charrette passait sur la route, et le conducteur s'arrêtait pour parler, donnant des nouvelles de son village ou de son hameau et emportant celles des lavandières. A mesure que passait l'après-midi, les bras tapaient un peu moins fort et la conversation s'atténuait. Je rêvais les yeux grands ouverts, attentive seulement au murmure de l'eau, au vol d'un papillon, à l'éclair d'une truite dans le courant. Une langueur descendait sur moi avec le soir, me donnait envie de m'endormir dans l'herbe avec mon fils, de me fondre dans cette verdure à laquelle j'étais si peu habituée. Mais il fallait repartir. Je me dépêchais de remonter avant la nuit, encore tout éblouie de lumière et d'eau claire. Souvent Florentin venait à notre rencontre. Il racontait sa journée, moi la mienne, et nous revenions lentement dans le soir qui allumait ses feux sur les lointains, au-dessus des collines. Pendant la nuit qui suivait, j'avais l'impression que mes mains, mes jambes, ma tête gardaient intacte la fraîcheur de l'eau et je dormais comme un enfant qui sort d'un bain.

J'aurais bien voulu descendre au lavoir plus souvent, même si c'était pour me promener, mais les brebis me prenaient beaucoup de temps. Je vendais toujours deux ou trois bêtes par an aux foires d'automne — celles à qui il manquait des dents ou qui prenaient de l'âge —, mais le troupeau grandissait quand même rapidement. Si le temps était beau, je sortais les brebis dès le mois de mars ou d'avril. Avant cette date, je me levais souvent la nuit, après l'agnelage, pour voir si tout se passait bien. J'aidais les brebis mères, cajolais les agneaux ; je leur fabriquais des sonnailles dont je finissais par connaître chaque son, chaque tintement, qui me permettait de savoir à tout moment où se trouvaient une mère et son petit. Ensuite venait la tonte que nous effectuions à trois : Florentin, Fausto et moi. L'Italien immobilisait la brebis, Florentin coupait la laine avec les grands ciseaux que nous avions emportés lors de notre départ du Mas del Pech, moi, je ramassais la laine dans une grande panière d'osier. Nous en gardions un peu pour la filer, et nous vendions le reste, ce qui nous apportait quelques sous supplémentaires.

A partir de juin, nous laissions le troupeau dans une grèze que nous avions louée. Florentin avait bâti une sorte d'enclos avec des *clédos*[1], dans lequel on enfermait les brebis, de nuit, afin qu'elles profitent davantage de l'herbe. La journée, mon principal souci était de garder les bêtes à l'ombre pour éviter qu'elles ne soient *achaleurées*. Quand ça leur arrive, on ne peut plus les obliger à avancer : elles se pressent les unes contre les autres, mettent leur tête entre leurs jambes, et restent immobiles, comme mortes. C'est très dangereux parce que le soleil peut les tuer, surtout si la laine a été mouillée pendant la nuit.

Mais le plus gros danger, l'été, ce sont les orages qui nous arrivent dessus sans que vous ayez le temps de rentrer. Ça m'est arrivé une fois et je ne l'ai jamais oublié. C'était à la fin août et Philippine, ce jour-là, n'était pas avec moi. Il n'y avait pas eu un éclair ni un coup de tonnerre. Je m'étais endormie sur la mousse, mon Eloi dans les bras. Au premier éclair, l'orage était déjà sur nous. Comme la grèze se trouvait sur une crête, j'ai poussé le plus vite possible le troupeau vers une combe. C'était difficile, car les brebis avaient peur. J'ai dû les frapper du bâton et envoyer le chien tout le long de l'étroit sentier qui descendait à pic. J'espérais trouver en bas une gariotte, mais il n'y avait rien qui puisse me servir d'abri. Je me suis assise au plus creux de la combe, mon fils contre moi, et j'ai appelé le chien. Je me souvenais des leçons de Florentin qui m'avait

1. Barrières de bois à claire-voie.

dit : « Si le chien vient près de toi, c'est que tu ne risques pas d'être touchée par la foudre. » Mon fidèle berger est venu, ce jour-là, se coucher entre mes jambes. Aussitôt après, le déluge s'est abattu sur nous. Je me sentais en sécurité, mais mon petit pleurait. J'ai alors été tentée de changer de place, mais le chien n'a pas voulu me suivre. Je suis donc restée là en essayant de consoler mon fils qui sursautait à chaque coup de tonnerre. Deux ou trois minutes plus tard, après un gigantesque éclair, la foudre est tombée sur la crête dans un grondement de fin du monde. Le déluge a duré une vingtaine de minutes, si bien que, lorsqu'il a cessé, nous étions transpercés par la pluie. Puis, aussi vite qu'il avait disparu, le soleil est revenu. Comme l'herbe et les arbres, nous nous sommes mis à fumer, et il m'a semblé que je n'étais pas autre chose qu'une plante, guère plus savante que les autres. C'est une idée qui m'a toujours plu, tellement je suis persuadée que nous venons tous de la même source : nous, les plantes, les arbres et les bêtes.

C'est aussi une idée que partageait Philippine avec moi. D'ailleurs, à force de se retrouver presque tous les jours sur le coteau, nous partagions bien des choses. A cette époque-là, elle devait avoir dans les soixante-dix ans, et elle se souvenait d'avoir vu des loups. « Juste en face de nous, là-bas, sur le travers, me disait-elle ; il y en avait deux qui me regardaient avec leurs yeux jaunes ; je devais avoir douze ans, je n'ai jamais couru aussi vite de ma vie. » Elle me racontait également qu'elle avait entendu parler d'un homme retrouvé un hiver à moitié dévoré. C'était à son avis l'un de ces marchands d'hommes qui couraient les campagnes afin de trouver aux fils des riches un pauvre journalier qui avait tiré un bon numéro et ne ferait pas de difficultés pour partir à la guerre. Triste loi, qui permettait à quelques privilégiés d'acheter la vie des pauvres gens ! Il a fallu l'avènement de la république pour changer ça, et ce n'est que justice. Voilà ce que me disait Philippine qui était plus savante qu'on ne voulait bien le dire au village. Du reste, c'était une femme qui avait de l'*aymé,* comme on disait alors de quelqu'un qui a beaucoup de fierté. Cet amour-propre la rendait distante, parfois même agressive vis-à-vis des autres qui se moquaient d'elle, souvent, à cause de ses vêtements dont elle ne se souciait guère. Son orgueil se situait davantage dans le domaine des idées dont elle me faisait profiter pendant ces longs après-midi d'été où nous partagions aussi le « quatre-heures ».

C'était une originale dont l'intelligence me surprenait tous les jours. Elle avait des tics et des expressions bien à elle qui m'amusaient beaucoup. Chaque fois qu'elle était surprise ou agacée, elle lançait en patois : *lou diablé mé bire lou capel* (« le diable me tourne le chapeau »). Ou bien elle employait des mots extravagants qui me faisaient mourir de rire : *escoufignoun* (« gentil ») ; *timberlo* (« sot ») ; *trontolo* (« niais ») ; *bogona* (« roulure ») ; d'autres encore dont je ne me souviens plus, mais qu'elle devait inventer au gré de sa fantaisie. Au reste, comme beaucoup de gens, à la campagne, elle croyait aux présages. Elle détestait les pies, les chouettes et les corbeaux qui, à ses yeux, étaient tous des oiseaux de mauvais augure. Elle prétendait que, si l'un d'eux tournait trop longtemps autour d'une maison, c'était que quelqu'un allait y mourir dans l'année. Seul le pivert trouvait grâce à ses yeux : il ne faisait qu'appeler la pluie. Du chat, elle assurait que, s'il se passait la patte sur la tête, c'était le présage d'une visite dans la journée. Le chant du coq à minuit annonçait du brouillard pour le lendemain, si l'on ne remuait pas aussitôt les cendres dans la cheminée.

Elle savait qu'on l'accusait de jeter des sorts, et je suis sûre qu'elle s'en réjouissait. Je crois bien même qu'elle faisait tout pour justifier cette réputation. On venait pourtant la chercher avant de creuser un puits, afin qu'elle trouve le bon endroit avec une baguette de coudrier. Elle se faisait payer en volailles et repartait en lançant des imprécations qu'on faisait semblant de ne pas entendre. Parfois aussi, sans doute, elle déparlait un peu, quand elle me disait avoir aperçu des fées autour de sa maison, ou le Drac, ou même le diable en personne. Pauvre Philippine ! Elle est morte, seule, dans un bois, et on l'a retrouvée trois jours après, à moitié mangée par les renards. Elle avait eu une « attaque » et n'avait pu se relever. J'ai beaucoup regretté sa présence à laquelle je m'étais habituée, et quelquefois je pense à elle comme à une véritable amie qui a partagé un peu de ma vie.

Si je me souviens si bien de sa disparition, c'est parce qu'elle a eu lieu peu de temps avant la naissance de Jean, mon deuxième fils ; et donc, sans doute, en novembre 1926. Je perdais une amie, mais j'avais désormais deux enfants. Nous étions bien contents, Florentin et moi, de ces deux fils qui pourraient l'aider une fois grands, d'autant qu'il avait de plus en plus d'ouvrage. Il construisait maintenant des maisons à Carlucet, Gramat, Calès, et il venait même d'en terminer une à Rocamadour. Malgré l'aide précieuse de Fausto, il n'arrivait pas à satisfaire toutes les commandes. Je ne le voyais presque plus, sauf le dimanche, mais il était tellement fatigué qu'il dormait tout l'après-midi. Ça ne pouvait pas durer. Après avoir longtemps hésité, beaucoup réfléchi, nous sommes tombés d'accord pour qu'il abandonne la maçonnerie : il ne serait plus perrier, mais carrier. Avec l'argent que nous avions économisé, nous pouvions agrandir la carrière en achetant deux parcelles voisines, ce que nous avons fait. Nous avons évidemment gardé Fausto qui était un brave homme, et qui faisait maintenant partie de notre famille. Florentin et lui taillaient de belles pierres que nous n'avions aucune peine à vendre un bon prix. Etant moins débordés, ils ont trouvé le temps d'agrandir également la bergerie, devenue trop petite pour notre troupeau. Et les jours ont passé, rythmés par le travail et les saisons, dans la paix des collines.

En 1928, au mois de septembre, j'ai accouché d'une fille, Françoise, ce qui a ravi Florentin qui en rêvait depuis longtemps. Il fallait le voir, le soir, dans le cantou, la petite sur ses genoux, pour comprendre combien cette naissance le comblait. Il aimait bien ses garçons, mais je ne sais pas pourquoi, cette petite l'aurait fait manger dans sa main. Elle était brune, comme lui, frisée avec de grands yeux noirs, et déjà beaucoup de caractère. Aujourd'hui qu'elle est loin de moi, elle me manque énormément, d'autant qu'elle n'a pas tardé à prendre son envol et à quitter le nid. Elle est partie à dix-huit ans en pleurant, mais persuadée que l'avenir était ailleurs que sur nos collines. Pourtant elle nous aimait. Mais c'était comme une force en elle, et je n'ai pas essayé de la retenir. Comment savoir si j'ai bien fait ou non ? Les enfants aussi n'ont qu'une vie, et elle leur appartient. S'ils sont assez forts pour la choisir, pourquoi refuser de les laisser voler de leurs propres ailes vers ce qu'ils aiment ?

En tout cas, rien ne laissait supposer ce besoin d'indépendance. Au contraire, dès qu'elle a su marcher, elle ne cessait de me chercher quand je m'éloignais de quelques pas, et le reste du temps elle demeurait accrochée à mon tablier. Elle avait trois ans lorsque s'est produit un événement qui a en quelque sorte changé ma vie : je venais de faire bouillir une casserole d'eau et je l'avais posée sur le banc du cantou. Le temps d'aller à la table pour la débarrasser, et ma petite, qui était derrière moi, a renversé la casserole et s'est ébouillanté le torse et le ventre. Oh ! ce jour de décembre, comment l'aurais-je oublié ? Tandis qu'Eloi courait à la carrière de toutes ses petites jambes pour prévenir son père, j'ai déshabillé mon enfant en tremblant. Elle n'avait même plus la force de crier. Sa peau était boursouflée, comme décollée de la chair, et j'ai même cru un instant qu'elle était morte. J'étais assise sur le lit où je l'avais couchée, et je tenais par la main mon petit Jean qui ne cessait de pleurer. Où demander de l'aide ? Il n'y avait pas de médecin au village. Il fallait aller à Gramat. Ce n'était pas possible avec le froid qui régnait dehors, car il aurait fallu rhabiller la petite. Florentin est arrivé un quart d'heure après le départ d'Eloi, affolé, et j'ai eu de la peine à le persuader d'aller à Gramat pour ramener le médecin. Il voulait à tout prix emmener Françoise, craignant de ne pas revenir assez tôt. Ce sont les larmes dans mes yeux qui ont fini par le décider.

Je suis restée seule avec ma petite, et je me suis mise à prier en passant mes mains au-dessus des brûlures et en les frôlant du bout des doigts. J'avais couché Jean dans son lit et il s'était endormi. Au bout d'un moment, la petite a cessé de geindre, mais je ne m'en suis pas rendu compte tout de suite, tellement j'étais proche de Dieu. Je n'avais plus peur. J'avais très chaud. Oh ! je sais que tout ça peut paraître un peu fou, mais comment pourrais-je inventer une pareille chose ? Sur le ventre de ma petite, les cloques avaient diminué de volume et la couleur rouge vif de la peau s'atténuait. De cela non plus je ne me suis pas rendu compte tout de suite. J'ai continué de prier et de passer les mains au-dessus du ventre de mon enfant, jusqu'à ce que Florentin revienne.

Je ne me souviens pas très bien de ces trois heures : j'étais comme partie loin, en des lieux où je ne risquais rien, et ma fille pas davantage. Le monde me paraissait minuscule et sans importance, j'étais habitée par une confiance sereine que je n'ai jamais plus éprouvée jusqu'à aujourd'hui. La seule chose dont je me souvienne vraiment, c'est d'avoir eu très chaud et de m'être sentie protégée.

Le médecin était un vieil homme à lunettes, aux cheveux blancs, qui portait une barbiche non moins blanche et, sur son gilet, une montre à gousset. Il avait de beaux yeux clairs pleins de générosité et parlait d'une voix douce en inclinant la tête sur le côté droit. Compte tenu de ce que lui avait dit Florentin, il s'attendait au pire. Aussi, quand il a eu examiné la petite, il m'a regardée en souriant et m'a dit :

— Heureusement pour elle que vous avez ce pouvoir !

— Quel pouvoir ?

— Celui d'enlever le feu, pardi !

Il a eu beaucoup de mal à croire que je l'ignorais et m'a demandé si je m'en servais souvent. Il a fallu que Florentin intervienne en disant que nous n'aurions pas eu si peur si nous en avions eu connaissance. Le vieux médecin a fini par en convenir et m'a pris longtemps les mains pour les examiner.

— Ah ! m'a-t-il dit avec un sourire, si seulement j'avais les mêmes !

Etant trop surprise et ne sachant si je devais croire ou non à ce miracle qui venait de sauver mon enfant, je ne savais que dire. Pourtant Françoise ne gémissait plus et les boursouflures étaient retombées, laissant seulement apparaître une rougeur anormale, mais que l'on regardait sans en être effrayé. Le médecin nous a donné le nom d'une pommade à demander chez le pharmacien de Gramat, et nous a dit avant de partir :

— Vous avez fait pour votre fille plus que n'importe quel médicament de la terre. Elle pourra vous remercier quand elle sera en âge de comprendre, croyez-moi !

Me remercier, ma fille ? Je lui aurais donné ma vie si je l'avais pu, car il n'y a pas de plus grand amour sur terre que de donner sa vie pour ceux qu'on aime. Mais je n'en ai pas eu besoin : après deux jours de fièvre elle s'est remise peu à peu. J'ai continué à passer mes mains sur sa peau, et les plaies se sont cicatrisées rapidement. J'ai mis du temps, croyez-le bien, à accepter ce don du Bon Dieu. Qu'avais-je fait pour mériter cela ? Je lui avais simplement donné mon amour et ma confiance. Et cependant je pouvais soigner mes semblables. J'allais bientôt me rendre compte combien cela allait compter dans ma vie.

6

LA nouvelle s'est vite répandue dans la région qu'une bergère de Couzou enlevait le feu. Je crois que le vieux médecin de Gramat n'y était pas pour rien. Il m'a d'ailleurs avoué un peu plus tard qu'il avait vraiment été impressionné par les effets de mon pouvoir. Il n'a cessé de m'envoyer des malades dont les plaies ou les brûlures n'avaient pu être guéries par les onguents. Ainsi, cette femme d'une trentaine d'années qui avait fait tomber sur elle une lessiveuse, et dont le corps n'était plus qu'une plaie. A l'époque, les hôpitaux ne savaient pas mieux soigner les brûlures que les gens des campagnes. Ils n'étaient pas équipés comme aujourd'hui, bien que soigner ce genre de blessure reste très délicat.

J'ai découvert la reconnaissance des humbles qui est souvent plus chaleureuse que celle des plus fortunés. Comme je refusais de me faire payer, je trouvais de temps en temps sur ma fenêtre des volailles, des œufs, du gibier, toutes sortes de présents qui, déposés en mon absence, me réchauffaient le cœur. Qui n'a pas rêvé de faire le bien, de guérir ses semblables ? Je savais que mon pouvoir était la richesse suprême. J'aimais rencontrer le regard de ceux et de celles qui se confiaient à moi. J'y découvrais une confiance, une simplicité, une humilité qui m'inclinaient à la compassion. « Mon Dieu, accordez-moi d'aimer », avais-je souvent demandé dans mes prières. Le Bon Dieu m'avait donné plus encore. Je l'en remerciais tous les jours, tandis que mes trois enfants et ma vie pleine d'occupations m'empêchaient de goûter comme je l'aurais voulu chaque minute qui passait. Heureusement, Eloi était maintenant assez grand pour garder les brebis, et je pouvais consacrer un peu plus de temps à Françoise et à Jean.

Avec les années trente, nous avons commencé à entendre parler de crise économique. Dès lors, nous avons moins bien vendu la laine et les brebis et Florentin a eu un peu plus de mal à écouler les pierres. Mais nous avions pu acheter une parcelle où, sous les chênes nains, venaient quelques truffes. En ce temps-là, elles coûtaient moins cher qu'aujourd'hui, mais Florentin les vendait bien, quand même, aux foires de Martel, ce qui lui permettait de me ramener du fil, des aiguilles, des chandelles ou du drap. La crise sévissait surtout loin du causse qui s'était refermé sur lui-même et n'en souffrait pas vraiment. Tout le monde achetait à tout le monde. Chacun vivait de son travail, que ce soient le maréchal, le forgeron, le carrier, le charron, le sabotier ou le barbier. A ceux qui possédaient un troupeau, ils achetaient un agneau, des fromages, de la laine. Nous leur rendions cet argent en achetant des sabots, des bois de charpente ou en faisant ferrer les mulets ou les chevaux. On savait vivre, alors. Il était d'usage que chacun se respecte et se salue, sauf si l'on était fâchés. C'était, le plus souvent, pour des questions de bornage ou d'héritage. Aussi, quand on recevait une visite, on disait toujours à celui qui ouvrait la porte :

— Finissez donc d'entrer.

Et l'on buvait avec lui le verre de l'amitié. Ce n'était pas comme aujourd'hui, surtout dans les grandes villes, où personne ne se salue plus et où l'on a même peur de ses voisins. Mais par quelle folie les hommes ont-ils décidé un jour d'aller s'agglutiner dans les villes comme des guêpes sur un essaim ? Ils ne savent plus écouter, prendre le temps de vivre, ni s'intéresser à ceux qui vivent près d'eux. Les portes restent closes. Ils ne se parlent plus. Ils ont brisé les liens qui les unissaient depuis des siècles, dans la chaleur heureuse des villages. Ils côtoient la drogue, la violence, et ils souffrent. Est-ce la télévision, comme on le dit souvent, qui a fait voler en éclats la vie qui a servi de modèle à des dizaines de générations ou est-ce qu'ils sont vraiment devenus fous ? Seuls l'argent et la puissance, désormais, les préoccupent. Ils ont perdu le sens de la vie en communauté, du respect de l'autre, celui des rencontres et du travail partagé. Comme je regrette ces moissons et ces vendanges où l'on allait aider, à la journée, avant d'être remercié par un repas en plein air, le dernier soir, sous les étoiles !

Nous avions pu acheter une petite vigne sur la route de Calès : quelques pieds seulement, mais bien suffisants pour notre consommation. Et grâce à elle, nous sommes rentrés naturellement dans l'équipe joyeuse des vendangeurs. Ah ! ces matinées d'octobre qui nous voyaient dès l'aube accompagner la charrette chargée de fûts jusqu'à la vigne ! Le brouillard se levait au-dessus des collines et le causse respirait avec de brefs soupirs. Le vent jouait dans les genévriers. Des perdrix traversaient la route dans un bruit de grêle furieuse. Le soleil invisible étendait sur l'horizon des voiles roses que faisait scintiller la rosée. Nous arrivions à la vigne. Les femmes prenaient chacune une rangée et coupaient les raisins avec un couteau ou un sécateur. De temps en temps, je saisissais une grappe à pleines mains et je craquais les grains bleus après les avoir mordus comme une affamée. Mon Dieu que c'était bon ! Au bout de la rangée, nous vidions nos paniers dans une *baste* que les porteurs emmenaient jusqu'aux fûts. C'étaient les hommes les plus costauds qui, évidemment, étaient désignés à cet office. Les autres coupaient, comme les femmes, et ne s'en plaignaient pas : au moins, le soir, ils n'avaient pas les épaules meurtries jusqu'au sang.

Dès que nous avions fini dans une vigne, nous

partions vers une autre. La terre fumait et les feuilles scintillaient sous la rosée. J'avais les doigts et les lèvres poisseux, et le goût du raisin restait chaud dans ma bouche, tandis que je recommençais à travailler en écoutant les femmes chanter près de moi. Au fur et à mesure que la chaleur envahissait le coteau, une puissante odeur de moût et de futaille se levait, lourde comme des oiseaux sous la pluie. Le rythme de coupe se ralentissait un peu. On enlevait les vêtements du matin que l'on rassemblait sur des piquets en bout de rangée. Enfin midi arrivait. Assis dans l'herbe, on mangeait du pain, du fromage et de la cochonnaille avec grand appétit. On tirait du vin à même la barrique placée au centre du cercle. Les plus jeunes esquissaient quelques pas de danse, mais sans trop insister, car ils savaient que la journée serait longue.

Après une demi-heure de repos, on repartait dans les rangées de vigne, même s'il faisait très chaud, et le travail durait jusqu'à la nuit. Alors les femmes préparaient le repas tandis que les hommes déchargeaient la vendange dans les cuves. A la chaleur des lampes, fourbus mais contents, on s'asseyait sur des bancs, le long des tables dressées sur des tréteaux, dans des cours qui sentaient le tilleul. Pendant tout ce temps nous gardions nos enfants avec nous. Il n'était pas d'usage, comme aujourd'hui, de les laisser à la maison. Ils participaient dès leur plus jeune âge aux travaux des saisons, et, même s'ils se fatiguaient vite, ils apprenaient ainsi de bonne heure les gestes essentiels de la vie des campagnes. Quand ils s'endormaient, épuisés, sur nos genoux, le fait de les sentir si proches ajoutait à notre bonheur. On rentrait tard, dans la nuit tiède d'octobre, sous les étoiles, des chants plein la tête, en pensant déjà aux prochaines vendanges.

Moins d'un mois plus tard, à la Saint-Martin, c'était la fête du vin. On se réunissait entre voisins, tantôt chez l'un, tantôt chez l'autre, pour un repas au cours duquel, après avoir mis en perce une barrique, on goûtait le vin nouveau. Si le vin était bon, chacun donnait son explication, qui tenait le plus souvent au temps qu'il avait fait avant les vendanges. On entendait souvent le même proverbe, car un été très ensoleillé donne toujours beaucoup de vin :

Loungo sécado,
Lac dé bi[1].

Mais là-haut les étés sont toujours chauds, le vin toujours aussi bon, et les gens toujours prêts à saisir le moindre événement de la vie quotidienne pour organiser des réjouissances. Ils ont le goût du bonheur, et peut-être plus que les autres, car ils vivent sur une terre ingrate, souvent rebelle, mais chaude et lumineuse.

La rareté du froment n'empêchait pas les moissons de blé noir, prétexte, elles aussi, à des festins. Et que dire de ces jours de la fin de janvier où l'on tuait le cochon ! On invitait les voisins et amis qui aidaient du matin jusqu'au soir à la préparation des saucisses, des jambons, des pâtés, de la viande confite qui fondait dans la bouche. Le soir, on mangeait les fritons, les boudins et les tripes avant de retourner chez soi, dans la nuit noire et le vent du nord. Quelle belle journée ! Son souvenir nous réchauffait le cœur pendant tout l'hiver.

Oui, nous avions le sens de la fête et de la vie en communauté bien comprise, celle qui est fondée sur le respect de chacun. Personne n'aurait osé refuser une invitation. Il fallait pour cela des raisons graves et connues de tous. Nous allions vers les autres pour le plaisir de partager avec eux ce que nous avions de meilleur, et nous leur cachions ce que nous avions de pire. J'exagère ? A peine, tellement le peu de moyens que nous avions nécessitait une entraide. Chacun savait qu'un jour ou l'autre il aurait besoin de son voisin.

1. « Longue sécheresse, Lac de vin. »

C'est pour cette raison, entre autres, que nous avions transformé nos difficultés en art de vivre.

La fête que je préférais était celle de la Saint-Jean. Je ne sais pas pourquoi, mais j'ai toujours follement aimé le mois de juin, et surtout les nuits de juin. Florentin et moi, nous dormions la fenêtre ouverte pour laisser entrer dans notre chambre le parfum des herbes. Auparavant, je veillais tard, souvent même très tard. Je restais assise des heures sur le banc de pierre, devant la maison, pour m'enivrer des effluves chauds de la nuit en regardant les étoiles. Parfois, j'allais me promener sur les plateaux ou dans les combes, et j'aimais me coucher dans l'herbe, face au ciel, fermer les yeux puis les rouvrir brusquement, après quelques secondes de rêve. Qui n'a jamais connu cette impression de voguer sur un frêle esquif dans une mer d'étoiles ? Je sentais combien j'étais petite, mais en même temps que je faisais partie intégrante de l'univers, à ma juste place, avec les mêmes droits que chaque être vivant, engagés que nous sommes tous dans la même aventure en route vers le Bon Dieu. J'avais alors la conviction que notre seule mission ici-bas est de protéger les plus faibles et de n'oublier personne en chemin. Aussi, quand nous nous tenions la main autour du feu de Saint-Jean dans une farandole folle, j'étais heureuse, comme si ces mains réunies dans la lumière devenaient la preuve vivante de ce que je ressentais. Ah ! ces soirées joyeuses rythmées par le crépitement des fagots de chêne et de genévriers ! Combien en ai-je sautés, de ces foyers qui semblaient vouloir lécher les étoiles ! Combien en ai-je chantées, de ces chansons d'une simplicité un peu niaise, sans doute, mais qui exprimaient si bien la paix bleue de l'été ! Il y a parfois des refrains qui me réveillent, la nuit, et qui me donnent des frissons. Et cela de plus en plus souvent, tant il est vrai qu'avec l'âge on dort de moins en moins. Ainsi, dans la pénombre de ma petite chambre, me reviennent des airs que je croyais avoir oubliés, mais qui remontent tout seuls à la surface de mon esprit et me font venir des larmes dans les yeux. Oui, vieillir, c'est cela aussi, et ça peut être terrible et merveilleux.

Il y a peu de temps, j'ai fait un rêve dans lequel j'étais en train de danser, Françoise dans mes bras, un jour de fête au village. Dans ce rêve béni, j'ai entendu distinctement le son de l'accordéon, j'ai senti la sueur sur mon front, la moiteur des bras de mon enfant autour de mon cou, exactement comme si j'étais redevenue jeune femme, dans la chaleur d'un après-midi de 1932 ou 1933. Mon Dieu que c'était bon ! Jusqu'au lever du jour, cette nuit-là, les yeux mi-clos, j'ai revécu cette fête d'été avec le même bonheur qu'autrefois. Hélas ! seul notre esprit peut se promener dans le passé, pas notre corps. Mais pourquoi le regretter ? Une fois morts, nous ne perdrons rien de tout ça. Je sais, moi, que j'en tournerai, des valses à côté du Bon Dieu, et que j'aurai pour cela tout le temps nécessaire.

Puisqu'il me faut revenir sur terre, que ce soit au moins pour me réjouir et retrouver cette fête votive d'été que j'attendais avec impatience. En patois, on disait la *bote*, mot magique qui allumait des lumières dans les yeux les plus fatigués. Plus d'un mois avant la date fixée, les conscrits passaient dans les maisons pour demander les sous qui leur serviraient à préparer les festivités. Celles-ci commençaient le samedi soir par l'explosion de bombes et de pétards, tandis qu'une fanfare défilait dans les rues et faisait halte pour une aubade devant la maison des élus. Le soir, il y avait un bal sur la place illuminée par des lampions. Le lendemain matin, les bombes nous réveillaient de bonne heure. Peu après, les conscrits marchaient en tête de la fanfare vers la maison des filles qui avaient vingt ans dans l'année. Là, la fanfare jouait une aubade, tandis que les conscrits remettaient aux filles un bouquet de fleurs blanches. Ensuite, elles les rejoignaient en tête du cortège et défilaient jusqu'à l'heure de la grand-messe.

A la sortie, vers onze heures, il y avait sur la place des jeux de boules, de quilles, des courses en sacs et des lots à gagner sur un mât de cocagne. A midi, on mangeait dehors avec les parents et les amis invités pour l'occasion, afin d'entendre la fanfare qui, sur la place, n'arrêtait pas de jouer. A quatre heures, c'était l'ouverture du bal. Les patrons du café avaient placé des tables tout autour de la piste de danse, où l'on pouvait se rafraîchir à l'ombre des ormes et des tilleuls. On dansait des bourrées, des polkas et des mazurkas jusqu'à tomber d'épuisement. Florentin n'aimait pas beaucoup danser, mais, moi, j'aurais dansé jour et nuit. Heureusement il n'était pas de ces maris jaloux qui ne veulent pas que leur femme se lève de leur chaise, et je pouvais m'amuser à ma guise avec nos amis ou avec mes enfants. Après le repas du soir, on revenait danser jusque tard dans la nuit, et c'était encore la musique qui nous raccompagnait, quand on rentrait enfin à la maison. Voilà comment se passaient les fêtes d'alors : c'était de la musique, du soleil et de la joie. Il n'en reste rien aujourd'hui, pas plus d'ailleurs que des foires où tous ceux des campagnes se retrouvaient sur les places pour acheter, vendre, échanger des nouvelles, rencontrer des parents ou des amis, découvrir une autre vie que celle des villages.

J'aimais beaucoup aller aux foires de Gramat où nous vendions des volailles, des agneaux et des brebis. Nous y allions deux fois par an, en charrette, avec les enfants. Nous avions dû nous séparer du mulet qui devenait de plus en plus méchant et acheter une jument qui était la placidité même, et que nous avons gardée très longtemps. Elle s'appelait la Grise. C'était une bête franche et sans caprices, qui ne rechignait jamais au travail et nous aimait sans doute autant que nous l'aimions. Les jours de foire, donc, elle tirait notre charrette entre les bois de chênes bien avant l'aube, à la lueur d'une lanterne. Sur la banquette avant, Jean et Eloi étaient serrés entre Florentin et moi, tandis que je tenais

Françoise sur mes genoux. J'étais contente à l'idée de quitter un peu le village et d'entrer dans un autre monde. C'est qu'on voyait de tout dans ces foires très fréquentées comme elles l'étaient alors : des marchands, des arracheurs de dents, des gitans, des jongleurs, des montreurs d'animaux savants, des camelots, et bien d'autres encore. Celles de Martel, de Gramat, de Saint-Céré, de Vayrac, Souillac, Cabrerets, Belaye étaient célèbres et l'on y venait de très loin.

On arrivait sur le foirail au lever du jour. On parquait les agneaux ou les brebis entre des *clédos,* je laissais Florentin avec eux et je partais avec les enfants sur la place où se tenait le marché aux volailles et aux œufs. J'avais toujours quelques poules ou quelques canards à vendre, parfois aussi un lapin ou une douzaine d'œufs. On se mêlait à la foule des paysannes vêtues de noir, qui attendaient les clients derrière leurs paniers tressés. Il y avait tellement de monde qu'il n'était pas très difficile de vendre. Dès qu'il ne me restait plus rien, j'emmenais les enfants chez les marchands d'habits ou de chaussures, et je leur achetais ce qui leur faisait défaut. Ensuite nous allions écouter les bonimenteurs et les arracheurs de dents, regarder les acrobates et les diseurs de bonne aventure. A midi, je revenais vers le foirail, non sans avoir acheté aux enfants une crêpe ou une gaufre dont ils se régalaient en se léchant les doigts. Sur ce foirail à bestiaux, ce n'étaient que cris, disputes et bêlements apeurés. On y voyait les *accourdayrés* courir, s'époumoner, flatter ou entrer dans des colères noires qui les rendaient effrayants. Ces accordeurs étaient chargés de rapprocher les offres des vendeurs et des acheteurs. Il leur fallait quelquefois retenir par la force un acheteur qui manifestait le désir de rompre définitivement. Ils le saisissaient alors par la manche de sa blouse noire et criaient en lui montrant la main ouverte du vendeur :

— *Tapa lou ! Tapa lou !*

On scellait ainsi les marchés par la rencontre de deux

mains, et cela revêtait autant de force qu'un acte écrit. Pas un vendeur, pas un acheteur n'aurait osé renier un contrat ainsi scellé. Sa réputation en aurait été ternie à tout jamais, et il n'aurait jamais pu revenir sur un foirail.

Le marché conclu, le vendeur, l'acheteur et l'accourdayré se rendaient au café pour prendre le *binatsé,* c'est-à-dire le *vinage,* par lequel les deux parties récompensaient l'accordeur. Quelquefois, même, si le marché avait été particulièrement difficile à conclure, ils lui offraient le repas de midi ou du soir. Florentin avait un cousin germain, Louis P..., qui, précisément, était accordeur et s'arrangeait pour lui faire vendre nos brebis un bon prix, même si elles avaient l'échine plate ou s'il leur manquait des dents. Aussi Florentin lui payait-il chaque fois la soupe à l'auberge, sur la place, tandis que je mangeais à l'ombre des platanes, avec nos enfants, les victuailles que j'avais apportées. A l'époque, je n'y trouvais rien à redire, car je ne m'imaginais pas avec mes trois petits dans la compagnie bruyante et gaillarde des hommes qui, ces jours-là, avaient l'habitude de boire plus que de coutume. D'ailleurs, il n'était pas d'usage, pour les femmes, d'entrer dans les auberges. Aujourd'hui les choses ont changé et c'est heureux pour elles. Cela les amène quelquefois à ressembler aux hommes et c'est bien regrettable. Mais il est évident que la condition des femmes, surtout dans les campagnes, ne pouvait pas rester ce qu'elle était. Car toutes n'avaient pas la chance d'avoir un mari comme le mien, qui ne buvait que le nécessaire et ne levait jamais la main sur moi. Pas plus d'ailleurs que sur nos enfants. Et quand il revenait de l'auberge, il leur apportait toujours un morceau de gâteau ou quelques friandises.

L'après-midi, nous nous promenions dans la foire avec Florentin, qui s'arrêtait de temps en temps pour prendre une commande de pierres ou acheter un peu de matériel. Nous repartions vers quatre heures avec nos quelques sous et nos provisions, tout étourdis de tant de bruit, de tant de rencontres, de tant de belles choses aperçues dans les étalages, et impatients, déjà, de revenir à Gramat pour la prochaine foire.

Ainsi vivions-nous pendant ces merveilleuses années qui savaient si bien nous faire oublier la précédente guerre, sans nous faire penser à la suivante. Eloi allait à l'école et Jean également. Ils gardaient le troupeau dès qu'ils revenaient et me rendaient ainsi un grand service. Françoise, elle, ne me quittait pas, et j'étais heureuse de cette présence continuelle, étant maintenant trop habituée aux enfants. On venait me voir de plus en plus loin, le plus souvent pour des plaies infectées, car on se blesse beaucoup quand on travaille avec ses mains. Les jours, les mois et les années passaient, paisibles, limpides, lumineux. Nous étions ensemble, très proches les uns des autres, et je ne savais pas encore que les enfants, comme les oiseaux, doivent un jour quitter le nid. Nous étions heureux, tout simplement, comme on peut l'être quand nulle menace ne pèse sur vous et que le pain est assuré pour le lendemain.

Début 1936, justement, j'ai cessé de pétrir et de cuire le pain. Un boulanger venait en effet de Gramat en charrette et vendait des tourtes brunes et croquantes à souhait. Ne plus pétrir m'a manqué, au début, et puis je m'y suis habituée en me disant que je gagnerais un peu de temps pour mieux m'occuper des enfants.

L'été suivant, avec l'arrivée des premiers congés payés, un vent de gaieté un peu folle a soufflé sur notre causse. Certains sont arrivés à bicyclette et ont monté des toiles de tente sur la place même du village. Ils vivaient presque nus. On les voyait se promener dans les rues, bras dessus, bras dessous, rouges comme des écrevisses, avec un air de rire de tout, sans doute aussi d'eux-mêmes. C'était le temps des feux de camp, des accordéons, et des pinces à linge dans les pantalons. Le temps de l'insouciance et du rire facile. Certains, chez nous, ne comprenaient pas ce qui se passait. Moi, si.

Parce que j'aime le rire, même s'il ne dure pas. Et ces vacances qui appartenaient à d'autres, je les faisais miennes, puisqu'ils venaient les partager avec nous. Je ne connais ni l'envie ni la jalousie, je l'ai déjà dit. Pour ceux qui n'appréciaient guère, il s'agissait surtout d'incompréhension, car nous étions peu au fait de la vie des ouvriers dans les villes. Ces quelques jours de congés payés qu'ils avaient arrachés, nous ne savions pas qu'ils les méritaient sans doute plus que nous qui vivions au grand air et avec le Bon Dieu pour seul maître. D'ailleurs, même si les campagnes ont toujours évolué moins vite que les villes, ça ne nous a pas empêchés d'être heureux ; sans doute autant qu'ailleurs, puisque ceux qui partaient déjà travailler au chef-lieu s'empressaient de revenir le dimanche. Un peu comme aujourd'hui, du reste, sauf que, de nos jours, ils rachètent les maisons écroulées pour les réparer et y venir passer le « week-end », comme ils disent. Comme ça doit être triste de vivre heureux seulement deux jours par semaine ou un mois par an ! Enfin, que voulez-vous ? Il y a belle lurette que l'on ne choisit plus son métier ni sa vie. Les gens vont où se trouve le travail et sont bien contents quand ils en ont. Le progrès, c'est sans doute de savoir s'en contenter. De toute façon, la vie, où que nous habitions, ne se laisse pas apprivoiser si facilement. Et demeurer à la campagne, sur les causses bleus, ne m'a pas préservée des épreuves ; certes non.

En octobre 1937, brusquement, Florentin est tombé malade. Ça l'a pris une nuit ; il s'est mis à tousser, à étouffer. Je l'ai soigné comme j'en avais l'habitude, avec des ventouses et des cataplasmes, mais rien n'y a fait. Huit jours plus tard, un matin, il a voulu se lever, mais il n'a pu y arriver. Mon ami le vieux médecin de Gramat est venu dans la matinée. A cette époque-là, il devait avoir près de soixante ans, mais il courait encore les routes de jour comme de nuit. Il a ausculté Florentin sans cesser de me parler, plaisantant comme à son habitude. J'étais assise derrière lui, impuissante à soulager mon mari alors que j'en soignais tant d'autres. Il n'a pas parlé sur le moment, notre vieux médecin ; il a laissé Florentin se recoucher, puis il m'a emmenée dans la cuisine et il m'a dit :

— Il va te falloir beaucoup de courage, Marie, la tuberculose est très avancée.

Mon Dieu ! La tuberculose ! Imaginez un peu, en 1937, ce que ça représentait ! J'ai dû m'asseoir et boire un peu d'eau-de-vie, tellement mes jambes tremblaient.

— Il faut l'emmener à Toulouse le plus vite possible. Y es-tu prête, Marie ?

Prête, je l'étais, bien sûr, puisque j'aurais donné ma vie pour le sauver. Mais qui allait s'occuper des enfants ? Le vieux docteur a écrit une courte lettre, m'a embrassée et m'a dit avant de partir :

— Je te fais confiance ; je sais que tu seras courageuse.

Quand j'ai annoncé à mon mari de quoi il souffrait, il n'a pas réagi ; mais quand je lui ai dit qu'il fallait partir pour Toulouse, il s'y est refusé farouchement. Il m'a fallu toute la journée pour le convaincre, en le suppliant de penser aux enfants. Le lendemain, j'ai persuadé Fausto, l'Italien, et sa femme Eléonore de venir s'installer dans notre maison pour quelques jours, afin de s'occuper des enfants. Tous deux s'étaient mariés deux ans auparavant et vivaient dans une maisonnette qu'il avait construite à côté de la carrière, sur un carré de terrain que nous leur avions donné. Elle, c'était une bergère de vingt-cinq ans que Fausto avait séduite, comme on dit, avant de l'enlever. Son père n'avait pas voulu de l'Italien dans sa maison où, d'ailleurs, il y avait déjà un gendre. Eléonore n'avait pas hésité : elle avait rejoint une nuit son amoureux qui l'attendait en bas de sa fenêtre. Comme elle était majeure et ne devait rien à personne, elle avait épousé Fausto et semblait s'en trouver très heureuse.

Un matin, Fausto nous a conduits à la gare de Gramat où nous devions prendre le train pour Toulouse. Rendez-vous compte ! Conduire un malade, comme ça, dans cette grande ville, moi qui n'avais jamais quitté le causse ! Pourtant je savais que j'en aurais la force. Que de montagnes n'aurais-je pas escaladées pour mon Florentin ! Mon Dieu ! Je le revois encore sur la banquette du compartiment, très pâle, toussant dans son mouchoir à carreaux, tandis que je comptais les minutes qui nous séparaient de l'hôpital où on allait le sauver. J'avais confiance. J'ai toujours eu confiance, même dans les pires moments de ma vie. Je regardais défiler les gares : Assier, Figeac, Capdenac, Villefranche-de-Rouergue ; et je priais en essayant de sourire. C'était la première fois que je prenais le train, mais je n'avais pas peur. Une seule idée me préoccupait : arriver le plus vite possible. Malheureusement, les trains ne marchaient pas aussi vite que de nos jours et nous avons mis, je crois, pas loin de cinq heures pour couvrir moins de deux cents kilomètres. Je n'avais qu'une peur, c'était qu'il se trouve mal, comme ça lui arrivait de plus en plus souvent. Je l'encourageais du regard, car je n'osais pas lui prendre la main devant tous les voyageurs. De temps en temps, il grimaçait un sourire avant qu'une quinte de toux lui fasse perdre le souffle.

Enfin nous avons pu descendre sur le quai de la gare où nous avons cherché à nous renseigner pour savoir qui pouvait nous conduire à l'hôpital. J'ai laissé Florentin dans le hall, le temps d'aller chercher une voiture dans la cour. Il ne s'agissait pas d'une voiture à cheval, mais d'une voiture à pétrole, comme il en passait quelquefois sur les routes du causse. Pas plus que Florentin je n'étais montée dans l'une de ces machines fumantes et pétaradantes. Il s'est appuyé contre moi tandis que nous regardions, abasourdis, les boulevards où se pressaient des gens inconnus, pour la plupart vêtus de costumes et coiffés de chapeaux. Cette foule et cette agitation m'effrayaient et me rassuraient en même temps : j'y décelais une force, une puissance, un savoir qui allaient être utiles à Florentin. Je ne savais pas, à ce moment-là, combien la route allait être longue et difficile, sinon je me demande si j'aurais eu le courage de pousser la porte de l'hôpital comme je l'ai fait, sans douter un instant de l'avenir.

J'ai montré les papiers signés par le médecin de Gramat à un guichet, puis nous avons attendu une vingtaine de minutes avant qu'une infirmière ne vienne chercher Florentin. Comme je me levais pour l'accompagner, elle m'a fait comprendre qu'il ne le fallait pas et je suis retournée m'asseoir. Une nouvelle attente a commencé, si longue, si monotone, si incertaine que j'ai passé sur ce banc les pires heures de ma vie. Je voyais défiler devant moi des chariots sur lesquels gisaient des malades, j'entendais des plaintes, je n'apercevais que des gens, me semblait-il, sans espoir, j'avais faim, j'avais froid, je ne savais à qui m'adresser pour calmer mon angoisse. A six heures du soir, enfin, une infirmière m'a emmenée chez le médecin-chef, un homme aux cheveux blancs, âgé d'une soixantaine d'années, très distingué, portant des lunettes cerclées d'or. Cet élégant monsieur m'a fait asseoir et m'a dit d'une voix calme et chaude :

— Je crains qu'il ne soit trop tard, madame. Le mal est déjà très avancé, mais je vous donne ma parole que je vais mettre tout en œuvre pour sauver votre mari.

Il a ajouté, après avoir esquissé un sourire qui se voulait rassurant :

— Vous allez repartir chez vous et me laisser faire. Rester ne servirait à rien. Je vous enverrai des nouvelles régulièrement, si vous me faites confiance.

Je ne me souviens plus de son nom, à ce professeur toulousain, mais son regard clair et sa poignée de main me disaient que c'était un homme comme il en existe peu dans le monde. Je n'avais pas envisagé un seul instant d'abandonner Florentin, mais je comprenais qu'il n'y avait pas d'autre solution que de laisser agir ceux qui avaient le savoir et la connaissance. J'ai donc accepté de partir, m'en remettant à l'homme qui les détenait tous les deux.

J'ai retrouvé mon mari dans un lit, au milieu d'une grande salle pleine de malades. Il paraissait complètement épuisé et son regard brillait de fièvre. Le professeur lui avait parlé et ne lui avait rien caché de son état. Moi, je n'avais pas la force de repartir.

— Pense aux enfants, m'a-t-il dit. Ici, on va bien s'occuper de moi.

Il m'a semblé, ce soir-là, que, si je partais, je ne le reverrais plus vivant. Je n'ai pas eu la force de m'en aller, et j'ai trouvé le prétexte qu'il était trop tard pour rester un peu plus longtemps près de lui. D'ailleurs, je ne savais pas à quelle heure il y avait un train pour rentrer.

Je me sentais très mal dans cette immense pièce où les plaintes des malades ne cessaient pas et où l'atmosphère était oppressante. Après avoir embrassé mon mari, je suis revenue dans le hall d'entrée où j'ai demandé la permission de dormir sur un banc. Quelle nuit j'ai passé ! Incapable de dormir, réfléchissant à tout ce que j'avais vu, tout ce qu'on m'avait dit, imaginant Florentin seul pendant des mois, si loin de nous. Il me semblait que le jour ne se lèverait jamais. J'ai dû m'assoupir une heure vers le matin, avant d'être réveillée par un bruit de casseroles et de cantines. Alors j'ai cherché un endroit où faire un peu de toilette, puis je suis revenue voir Florentin avant de partir. Cet au revoir a été bien difficile. J'ai essayé de sourire, mais c'était seulement pour ne pas pleurer. Florentin l'a bien compris, qui m'a dit d'une voix que je ne reconnaissais plus :

— Va donc, Marie. Garde courage ; tout ira bien.

J'aurais voulu crier, j'aurais voulu le serrer dans mes bras et ne plus jamais le lâcher, et pourtant je suis partie en pensant à nos enfants, là-bas, qui m'attendaient.

Je me revois dans le train du retour, seule au milieu d'hommes et de femmes indifférents, songeant à ma première rencontre avec Florentin, à son départ à la guerre, à notre mariage, à toutes ces années heureuses qui me semblaient s'être envolées pour toujours. Il me tardait d'arriver près de mes petits, car je savais qu'au milieu d'eux je serais forte. Je ne me trompais pas : dès que je suis rentrée chez moi, après avoir franchi la distance de Gramat à Couzou à pied, j'ai compris que le courage ne me ferait pas défaut. Pour cela, j'ai retrouvé mes prières d'enfant, m'en remettant au Bon Dieu avec la même confiance, la même innocence, me souvenant des paroles du vieux curé de Fontanes qui me disait : « N'oublie pas tes prières, Marie, ce n'est pas grand-chose et le cœur est content. »

Mes enfants m'ont aidée et le Bon Dieu m'a entendue. Florentin est resté six mois à Toulouse. Son état, longtemps stationnaire, s'est brusquement amélioré vers la fin du quatrième mois. Durant tout ce temps, je suis allée le voir une fois par mois et je lui ai amené les enfants qui lui manquaient tant.

Chez nous, Fausto faisait marcher la carrière, secondé par Eloi, qui, après le certificat, avait demandé à faire ce métier. Je crois bien que c'était parce qu'il me voyait dans la peine, mais il s'est plu très vite au travail de la pierre et j'en étais heureuse. Moi, j'essayais de mener la même vie qu'avant, mais c'était bien difficile. Les enfants grandissaient et je m'apercevais qu'ils prenaient de plus en plus de place. Jean voulait continuer à aller à l'école après le certificat pour devenir ingénieur. Je ne savais pas où il avait trouvé cette idée, mais il ne cessait de m'en parler, et je me désespérais en me demandant comment nous pourrions payer sa pension à Figeac. Je ne me sentais pas le droit de lui refuser cela, mais comment allions-nous faire avec Florentin malade ? Heureusement, au début du sixième mois, le professeur de Toulouse a commencé à me parler d'une possible guérison. Je savais qu'il y avait à Montfaucon, c'est-à-dire à quelques kilomètres de Fontanes, un sanatorium où Florentin pourrait aller si le professeur nous y autorisait. J'ai obtenu cette permission sans difficulté au mois de mai, dès qu'il est apparu que mon mari était presque guéri.

Qu'il était beau ce mois de mai 1938! J'étais si heureuse, dans ce train qui nous ramenait chez nous, que j'ai trouvé le courage de parler à Florentin de l'envie qu'avait Jean de faire des études.

— Mettons-le au lycée, lui ai-je dit, c'est la meilleure manière de nous prouver que nous croyons en l'avenir.

Il a souri, m'a répondu :

— Tu as raison, nous pouvons bien faire ça puisque je retravaillerai bientôt.

Dès le lendemain du certificat, je me suis occupée de l'inscription de Jean à Figeac, et, en attendant le mois d'octobre, il a aidé Eloi à la carrière qui recommençait à bien marcher. De Montfaucon, Florentin venait nous voir un dimanche sur deux. Quand ce n'était pas son tour, j'y allais avec les enfants et nous passions l'après-midi à nous promener dans le jardin en parlant d'avenir. A Noël, on lui a donné trois jours de liberté. Nous étions tous réunis, ce qui ne nous était pas arrivé depuis plus d'un an. Nous avons bien profité de ces quelques heures en assistant ensemble à la messe de minuit, et en réveillonnant jusqu'au matin, en compagnie de Fausto et d'Eléonore.

En avril, Florentin est sorti définitivement du sanatorium et a tout de suite repris le travail à la carrière. Cela faisait dix-huit mois qu'il n'avait pas touché un outil. Son impatience faisait plaisir à voir. Quand il est rentré, le premier soir, fatigué mais heureux, j'ai compris que nous avions gagné la partie.

Nous étions au printemps de 1939. Si jusqu'alors je n'avais pas eu le temps de m'inquiéter de la marche du monde, j'ai rapidement acquis la conviction que nous sortions d'un tunnel pour entrer dans un autre. Nous aurions pourtant pu être si heureux ! Eloi travaillait avec son père ; Jean apprenait bien et revenait nous voir tous les mois ; Françoise était la plus attentionnée des filles, et la tuberculose n'était plus qu'un mauvais souvenir.

J'avais beaucoup appris pendant ces derniers mois, et notamment qu'on ne combat la maladie qu'en prenant des décisions qui engagent l'avenir. On dépasse ainsi les moments de découragement, et l'horizon s'éclaircit. Quant à Florentin, je connaissais désormais sa force et son courage et je ne l'aimais que davantage.

Avec la venue de l'été 39, j'ai entendu des mots, vu des comportements qui ne m'étaient pas inconnus. J'ai senti rapidement que la catastrophe était à notre porte et que nous n'y échapperions pas. Je n'avais pas peur pour Florentin, qui, en raison de sa maladie, ne partirait pas, mais je pensais à Eloi qui avait seize ans. En entendant dire que la guerre ne durerait pas, je songeais au pauvre Alexis qui avait tenu devant moi ce même discours au Mas del Pech, le jour de la déclaration de guerre, en 1914. Aussi me suis-je refusée de toutes mes forces à cette guerre qui se préparait. J'ai même passé avec le Bon Dieu des marchés effroyables ; je suis allée à pied à Rocamadour et j'ai monté le chemin de croix à genoux, suppliant tous les saints du paradis d'éloigner les nuages qui s'accumulaient au-dessus de nous. Hélas ! je n'ai pas été entendue. Au début de septembre, quand, malgré mon refus de croire à ce que l'on disait autour de moi, j'ai vu l'affiche de la mobilisation sur le mur de la mairie, je me suis juré que, si mes enfants disparaissaient, je ne mettrais plus jamais les pieds dans une église.

7

MES enfants ne sont pas partis, mais j'ai eu le temps de regretter mon serment, car la guerre ne pardonne rien et à personne. Pourtant, au début, il ne s'est rien passé, ou pas grand-chose. Les armées s'observaient dans le Nord, loin de chez nous, et j'ai un peu oublié la menace suspendue au-dessus de nos têtes.

L'hiver qui a suivi a été rude. Il m'arrivait de nous sentir presque en sécurité, le soir, quand nous étions tous réunis autour du cantou. La neige et le froid semblaient unir leurs forces pour faire barrage au malheur. Le causse vivait au ralenti, comme pour ne pas attirer sur lui l'attention d'un monstre redouté, quelque part tapi. Les brebis sont restées dans la bergerie jusqu'en avril. Le printemps a jailli avec plus de violence, plus de couleurs, plus de parfums que jamais. Je commençais à reprendre espoir, quand les Allemands ont lancé leur offensive de mai.

A partir de ce jour, des nouvelles de plus en plus alarmantes se sont mises à circuler au village. Nous ne comprenions rien à ce qui se passait, là-haut, du côté de la ligne Maginot que tout le monde avait crue infranchissable. Nous n'avions pas de poste de T.S.F., mais Florentin se rendait chaque soir chez son ami Basile, le charpentier. Chaque fois qu'il rentrait, il rapportait des informations plus terribles que la veille. Nous avons dû rapidement nous rendre à l'évidence : la débâcle précédait de peu la défaite. Dans ce désastre, malgré tout, je me disais que si ça se terminait vite, au moins Eloi ne partirait pas, et j'en avais honte. Mais une mère ne pense-t-elle pas toujours à ses enfants, avant de penser au monde qui l'entoure ? Ce dont je suis sûre, c'est que je n'étais pas la seule à raisonner ainsi, en ce mois de juin 1940.

Comment aurais-je oublié le soir où Florentin est rentré tard en me disant que le maréchal Pétain avait demandé l'armistice ? Mon mari s'est assis dans le cantou, comme assommé par la nouvelle. Il regardait s'éteindre le feu, accoudé sur ses genoux, avec un air de porter tout le fardeau du monde sur ses épaules. Je me suis approchée doucement, j'ai posé ma main sur son bras et je lui ai dit :

— Au moins nous garderons nos garçons.

Il s'est lentement tourné vers moi, a soupiré et m'a répondu :

— A quoi bon si nous devons vivre prisonniers ?

J'étais incapable d'imaginer ce qui allait se passer dans les mois à venir, mais pas Florentin. Au reste, la plupart des gens, au village, n'en voulaient pas au vieux maréchal. C'est que, de là-haut, nous ne pouvions pas mesurer l'ampleur du désastre comme dans les villes. Les bruits nous parvenaient assourdis, en tout cas dégagés de la passion et de la violence qu'ils portaient dans les vallées. Une fois l'armistice signé, la vie a repris son cours naturel, sans que rien ne nous rappelle que la France était désormais un pays occupé.

S'il n'avait pas bonne presse, sur le causse, le régime de Vichy n'était pas vraiment redouté. On voyait bien quelques affiches sur les murs de la mairie — notamment celles qui proposaient aux Français d'aller travailler en Allemagne —, mais il ne se trouvait pas un homme assez fou pour quitter sa maison et son pays sans savoir s'il pourrait y revenir un jour. Nous nous sommes donc habitués, d'autant plus facilement que nous n'avons jamais vu le moindre uniforme allemand, du moins durant deux ans. On commençait pourtant à entendre parler d'un certain général de Gaulle qui vivait en Angleterre, et qui avait relevé le défi. Florentin écoutait les messages de Londres avec Basile et m'en parlait, chaque fois, à son retour. L'idée de savoir qu'il y avait quelqu'un pour ne pas accepter la défaite de notre pays me plaisait. Elle me faisait peur aussi, mais je commençais à m'interroger sur l'avenir de mes enfants dans un pays coupé en deux et gouverné de l'étranger.

L'invasion de la zone sud, en novembre 42, a été le début d'un changement dans l'esprit des habitants de chez nous : elle démontrait l'inutilité du régime de Vichy, puisque le pays tout entier était occupé. Pour ceux qui hésitaient encore, l'Allemagne avait ôté son masque ; il s'agissait bien d'une invasion pure et simple qui risquait de nous réduire à l'esclavage. Dès lors, les jeunes qui devaient partir dans l'armée d'armistice ont préféré se cacher dans les bois, et ce mouvement n'a fait que s'accentuer, à partir de février 43, quand elle a été remplacée par le Service du travail obligatoire.

Eloi a reçu ses papiers pour partir en Bavière — je ne me souviens pas exactement de l'endroit — dans les derniers jours du mois d'avril. Je lui ai donné la lettre à midi, quand il est remonté de la carrière pour manger, avec Florentin. Il l'a lue calmement et, avant que je n'aie pu esquisser un geste, il l'a jetée dans le feu en disant :

— Je ne travaillerai jamais pour eux. Je veux vivre libre ici, et comme je l'entends.

Je lui ai demandé ce qu'il allait faire, et il m'a répondu qu'il ne manquait pas de bois, dans les alentours, pour se cacher, le temps que tout ça se termine.

— Je ne serai pas le seul, a-t-il ajouté pour me rassurer, et les Allemands ne sont pas prêts de s'y aventurer.

Florentin ne disait rien, mais je comprenais qu'il était

content. Pendant le repas, ils ont parlé des endroits où il pourrait aller sans crainte, des grottes, des gariottes et des bergeries où il laisserait des messages à notre intention. L'après-midi, ils sont revenus à la carrière comme si de rien n'était, puis, le soir même, à la nuit, Eloi est parti, accompagné par son père, un sac sous le bras. Je l'ai laissé s'en aller sans essayer de le retenir, le pauvre, et sans me douter que je ne le reverrai plus jamais. Mais personne n'a le pouvoir de prédire l'avenir. Seul le Bon Dieu connaît notre destin. Et si j'avais su ce qui allait se passer, est-ce que j'aurais pu lui faire entendre raison ? Non, sans doute ; aussi est-il vain de vouloir regretter quoi que ce soit.

Pourtant, quand mon petit a disparu dans la nuit aux côtés de son père, je suis allée me coucher et je ne suis pas parvenue à me réchauffer. Et moi qui n'avais jamais connu la peur, la vraie, celle qui vous renvoie vers la fragilité de l'enfance, je la découvrais, impuissante et malheureuse, sans me douter qu'elle allait me devenir familière.

A partir du printemps, cette année-là, Florentin a pris l'habitude de sortir chaque nuit. Il ne me disait rien, mais je savais qu'il ne se contentait pas d'aller chez Basile, même si je ne faisais pas le rapprochement avec les « terroristes » dont parlaient les affiches et les journaux. Comme il me donnait souvent des nouvelles d'Eloi, je faisais semblant de croire qu'il partait à sa rencontre pour lui porter de la nourriture. L'été a passé ainsi, en attente et en espoir de voir revenir mon fils. Au début de l'automne, comme je m'inquiétais de le voir sortir si souvent, Florentin m'a avoué qu'il travaillait pour les maquis. Qu'aurais-je pu faire ? Je savais qu'il avait l'impression, depuis l'armistice, d'avoir fait la guerre pour rien en 1917 et qu'il ne supportait pas le joug qui pesait sur notre pays. Il était mon mari. Je l'aimais. Je l'ai donc aidé, peut-être un peu forcée, mais sûre de défendre une terre, des collines qui m'étaient aussi précieuses que l'air que je respirais.

La vérité, c'est qu'il avait été contacté dès 1942 par l'un des premiers responsables des maquis, en raison des explosifs que nous possédions à la carrière. Et même si ces explosifs avaient été contingentés en 1940, il nous en restait pas mal d'avant la guerre. C'étaient ceux-là qu'il transportait la nuit, avec Fausto et Basile, dans les gariottes, les bois, les ravins profonds, où les maquisards venaient en prendre livraison. Ces nuits-là, je ne pouvais pas fermer l'œil et je priais pour eux. Je guettais chaque bruit, chaque souffle de vent, chaque soupir de branche, chaque aboiement de chien. Dès que j'entendais des pas sur le chemin, je me levais en hâte pour ouvrir. Il ne me disait rien, jamais, de ses missions. Quand je lui reprochais de ne pas prendre soin de lui, de tomber de fatigue, il me répondait en souriant :

— Bientôt je pourrai me reposer. Il n'y en a pas pour longtemps.

Il ajoutait en me serrant contre lui :

— Et nous ferons un beau voyage.

Tout cela a duré jusqu'au début de l'année 44. Et puis il y a eu ce jour de janvier où les gendarmes sont venus à la carrière perquisitionner. Florentin et Fausto avaient été dénoncés. Heureusement, les gendarmes n'ont trouvé que le stock autorisé et n'ont pas pu les arrêter. Ils les ont cependant suffisamment menacés pour que Florentin décide de se mettre en sommeil quelque temps.

Un mois plus tard, un soir, il m'a demandé si je ne voulais pas porter un colis à sa place, dans les bois de La Pannonie. Je n'ai pas songé une seconde à refuser. Comment aurais-je pu, alors qu'il prenait lui-même tant de risques depuis des mois ? Je suis donc partie à la nuit tombée sur la route de Gramat, prête à me cacher dans les talus au moindre danger, comme il me l'avait recommandé. Heureusement, il y avait de la lune, sans quoi, n'étant pas habituée à me déplacer si loin, la nuit, je ne serais certainement pas arrivée au lieu de rendez-vous : une bergerie située à une lieue de la grand-route, en plein bois. Je me souviens d'avoir longtemps hésité à un carrefour et d'avoir pris le sentier de gauche au hasard. Florentin, pourtant, m'avait bien expliqué, mais comment trouver sa route, la nuit, en des lieux où l'on va pour la première fois ? Je m'arrêtais tous les dix mètres pour écouter, tremblante de peur et de froid, en me jurant que jamais plus je ne repartirais ainsi seule dans les bois. Toutes sortes d'idées me traversaient l'esprit : je m'imaginais en prison, je pensais à mes enfants, à Florentin qui devrait les élever seul si je disparaissais, je sursautais au moindre soupir de branche et au moindre murmure de vent.

Au bout de trois heures de marche, j'ai suivi une sente qui descendait vers une combe que la lune éclairait presque comme en plein jour. De l'autre côté de la combe, j'ai aperçu les murs pâles d'une bergerie devant lesquels passaient des silhouettes. L'instant d'après, comme je m'apprêtais à me remettre en route, des coups de feu ont éclaté brutalement, suivis par des cris, des appels, et bientôt par une fusillade nourrie, un peu plus haut, au-dessus de la bergerie. Le temps de comprendre ce qui se passait et j'ai eu le réflexe de quitter le sentier pour aller me cacher dans un bosquet de genévriers. Quelle peur, mon Dieu ! J'ai attendu, le cœur fou, incapable d'esquisser le moindre geste de fuite. Il me semblait que le souffle de ma respiration s'entendait à plus de cent mètres, que la lune me désignait à tous les regards. J'ai entendu d'autres cris, plus haut, vers une colline dont j'apercevais la masse plus sombre que la nuit, et puis plus rien. J'ai attendu une demi-heure avant de me lever, bien décidée à m'éloigner le plus vite possible de cette bergerie où j'avais failli tomber dans une fusillade. Que s'était-il passé ? Je ne le savais pas, mais j'avais la conviction d'avoir frôlé la mort de près.

Dès que j'ai eu retrouvé la grand-route, j'ai marché plus vite qu'à l'aller. A un moment, j'ai entendu du bruit derrière moi, et je suis rentrée dans le bois. Deux hommes à bicyclette sont passés, l'un d'eux tirant une petite carriole où il m'a semblé voir des fusils. Je suis arrivée chez moi à quatre heures du matin, frigorifiée, morte de fatigue et d'émotion. Florentin, inquiet, ne dormait pas. Quand je lui ai raconté ce qui s'était passé, il s'est mis en colère contre lui-même, jurant qu'il ne me confierait plus jamais ce genre de mission. Cela ne m'a pas rassurée, car je savais que ce serait lui qui prendrait les risques, mais que faire ? Je comprenais que nous avions mis le doigt dans un engrenage qui risquait de nous broyer. Je l'ai supplié, à ce moment-là, de s'arrêter tant qu'il n'était pas trop tard, mais il m'a répondu :

— Même si je le voulais, je ne le pourrais pas.

Et il m'a expliqué que les différents maquis se disputaient les armes, que, s'il cessait de travailler pour l'un ou pour l'autre, on finirait par croire à une trahison de sa part. Les conséquences pouvaient en être très graves. J'ai senti alors que notre destin ne nous appartenait plus et je me suis efforcée d'aider Florentin en lui faisant confiance, et sans lui poser de questions.

Cette année-là, nous avons dû fournir trois brebis lors des réquisitions. Avec la venue de l'hiver, Florentin est un peu moins sorti la nuit, et il m'a semblé que notre vie reprenait un cours plus normal. Le soir de Noël, alors que nous étions revenus de la messe, on a frappé à la porte. J'ai cru que c'était Eloi qui venait passer le réveillon avec nous. Mais ce n'était que Basile. Quelle déception ! J'ai espéré l'arrivée de mon fils jusqu'à l'aube ; hélas, en vain. Comme il aurait fait bon, cette nuit-là, si nous avions tous été réunis près de la cheminée ! Le Bon Dieu ne l'avait pas voulu. Je suis allée me coucher la dernière, espérant jusqu'au bout entendre frapper à la porte, me demandant où se trouvait mon fils, et quelle était cette situation périlleuse qui lui interdisait de venir embrasser sa mère la nuit de Noël.

J'ai vu avec appréhension approcher le printemps de cette année 44, et je n'avais pas tort. Dès le mois de mars, Florentin a recommencé à sortir presque toutes les nuits. On a bientôt entendu parler d'un possible débarquement des Alliés. Les hommes des maquis ont redoublé d'activité. Je devinais que les jours difficiles arrivaient et je m'y préparais avec résignation, car je savais que je ne pouvais rien empêcher.

En avril, il y a eu de beaux jours pleins de lumière. J'allais garder les brebis avec Françoise et je surveillais les agneaux qui étaient nés depuis peu. C'était un vrai plaisir que de profiter du soleil après les longues journées d'hiver, et je ne m'en privais pas. Assises sur les pierres chaudes, nous faisions comme les lézards qui se chauffent, immobiles, et qui dorment les yeux grands ouverts. Un après-midi, nous étions assises l'une près de l'autre, bien au chaud, bercées par les sonnailles, quand nous avons brusquement entendu des cris sur le chemin. Nous sommes remontées en toute hâte vers la route où nous avons aperçu Eléonore qui courait vers nous en criant. Nous sommes allées à sa rencontre et nous n'avons eu que le temps de la retenir par les épaules, au moment où elle tombait. Nous l'avons aidée à s'asseoir sans comprendre ce qu'elle disait. Elle pleurait, elle gémissait, elle s'agrippait à nous et elle ne parvenait pas à prononcer deux mots. Nous avons bien mis dix minutes à la calmer, dix minutes avant de savoir enfin ce qui s'était passé. Comment en aurais-je été surprise ? Il y avait longtemps que je m'attendais à un événement de ce genre : une demi-heure auparavant, des gendarmes et un homme inconnu, vêtu d'un imperméable, étaient venus à la carrière et avaient arrêté Fausto et Florentin.

J'ai laissé à Françoise la garde du troupeau, et je suis partie avec Eléonore en direction de la carrière où j'espérais trouver je ne savais quoi, animée par un espoir insensé, mais pressée d'arriver, pourtant, comme si je me refusais à croire à l'inévitable. Je me souviens de ce trajet dans la tiédeur d'avril avec une netteté qui me donne aujourd'hui des frissons. Je tremblais toute. La sueur coulait dans mon dos, et mes jambes me portaient à peine. Derrière moi, Eléonore ne cessait de répéter :

— Fausto... Fausto...

Elle triturait entre ses doigts un mouchoir à carreaux qui appartenait à son mari. Je me retournais de temps en temps pour demander :

— Qu'est-ce qu'ils ont dit ?

— Je sais pas.

— Ils se sont battus ?

— Je sais pas ; je sais plus.

A la carrière régnait un grand silence. Même les oiseaux s'étaient tus. Eléonore s'était assise sur le seuil de sa maison et pleurait sans bruit. Moi, je cherchais je ne savais quoi, des traces de lutte, un signe, un objet, peut-être, que m'aurait laissé Florentin. Mais il n'y avait rien qui puisse me renseigner, pas même la massette de Florentin, qu'il semblait avoir emportée. Au bout d'une demi-heure, je suis remontée vers le village en emmenant Eléonore qui ne voulait pas rester seule. Tous les gens de Couzou étaient à leurs portes. Ils n'ignoraient rien de ce qui s'était passé à la carrière et avaient peur. Basile m'attendait sur le chemin. C'était un homme fort et massif, avec de bons yeux noirs, en qui j'avais toujours eu confiance. Il a essayé de me rassurer en me disant qu'il n'y avait pas eu de coups de feu et il m'a promis de me donner très vite des nouvelles.

Je suis repartie chez moi où j'ai retrouvé Françoise sans une larme, droite et farouche, persuadée que son père n'avait fait que son devoir. Je crois bien que c'est ce jour-là que j'ai senti pour la première fois chez elle cette force de caractère que j'admire tant. A seize ans, elle était déjà grande et brune, avec des yeux d'un noir profond, belle comme savent l'être les Italiennes ou les gitanes. A nous deux, nous avons réussi à raisonner

Eléonore et nous l'avons gardée avec nous, le temps qu'elle reprenne courage.

Quelques jours ont passé dans une attente angoissée. J'allais voir Basile matin et soir, mais il n'avait pas encore de nouvelles. Une semaine plus tard, une nuit, on a frappé à la porte. C'était lui, et j'ai compris à sa mine qu'il s'était passé quelque chose de grave. Françoise avait entendu et s'était levée. Heureusement Eléonore, elle, dormait et n'a pas entendu le malheur annoncé par Basile : Fausto avait été tué en essayant de s'évader dans les environs de Villefranche-de-Rouergue. Florentin, lui, se trouvait à présent en prison à Toulouse et, selon Basile, ne risquait pas grand-chose pour le moment. Mon Dieu ! Comment allions-nous annoncer la nouvelle à Eléonore ? Je ne m'en sentais pas le courage. Une fois que Basile a été reparti, j'ai essayé ; j'ai même poussé la porte de la chambre où elle dormait, et puis j'ai renoncé au dernier moment.

Le lendemain matin, nous avons déjeuné toutes les trois, Françoise, Eléonore et moi, dans la cuisine, et je n'ai pas trouvé non plus la force de parler. Comme je débarrassais la table avec Françoise, elle m'a dit de sa voix douce comme son âme :

— Emmène donc les brebis ; je vais essayer de parler à Eléonore.

J'ai d'abord refusé, et puis je me suis dit que ma fille saurait peut-être mieux que moi trouver les mots pour apaiser une telle douleur. Je suis partie avec le troupeau vers les communaux, songeant à Fausto, à Florentin, persuadée que nous n'étions qu'au début de nos peines.

Ce matin-là, Françoise ne m'a pas rejointe. Je suis rentrée à midi plus tôt que de coutume, rongée par le remords, malheureuse d'avoir laissé ma fille seule dans une telle circonstance. Elle m'attendait devant la porte, les bras croisés, calme et grave. Comme elle était belle, ma fille ! Je découvrais tout à coup que j'avais une véritable amie à laquelle je pouvais me confier, et qui m'aimait autant que je l'aimais. Et j'avais eu raison de lui faire confiance : Eléonore était assise près de la cheminée, les yeux noyés, mais comme apaisée, sans colère, soumise à la volonté de Dieu.

Avec le mois de mai, les bruits d'un débarquement des Alliés se sont multipliés et l'activité des maquis s'est accélérée. On entendait parler de parachutages, de messages transmis par la radio de Londres, de représailles allemandes au bord des routes. Un soir, Basile est venu me voir, très embarrassé, et m'a demandé si je ne pouvais pas accueillir quelques jours un Anglais, avec son poste émetteur, dans mon grenier. J'ai demandé l'avis de Françoise, qui n'a pas hésité une seconde : elle a pensé comme moi que Florentin aurait accepté, et nous en avons fait autant. Le lendemain soir, nous avons donc ouvert notre porte à un militaire anglais qui portait une valise bizarre et qui s'appelait Michel. Je trouvais extraordinaire qu'un étranger vienne défendre notre pays, et je ne pouvais m'empêcher de le remercier, chaque fois que je me trouvais en sa présence. Nous lui avions installé une paillasse dans notre petit grenier et nous lui portions à manger midi et soir. Il ne descendait que la nuit, après avoir passé ses messages, en essayant de ne pas faire trop de bruit, pour se dégourdir les jambes. Il était grand, brun, frisé et parlait avec une distinction qui nous émerveillait. Nous l'avons gardé huit jours, et puis il est parti, de nuit également, après nous avoir embrassées comme un proche cousin.

Eléonore avait trouvé refuge dans sa famille, qui lui avait pardonné sa fugue avec Fausto. Je vivais donc seule avec Françoise qui avait renoncé temporairement aux études, sans doute pour ne pas nous obliger à payer deux pensions. Cependant, elle rencontrait souvent l'institutrice qui lui prêtait des livres, et j'en étais heureuse. Il me semblait alors qu'il était plus important pour un garçon que pour une fille de faire des études. Françoise était bien trop respectueuse de sa mère pour prétendre le contraire. J'avais tort. Je regrette infiniment de n'avoir pas donné à ma fille tout ce qu'elle méritait. Heureusement, elle possédait un tempérament qui lui a permis de franchir les obstacles par elle-même, et de la savoir heureuse aujourd'hui me console de ne pas l'avoir aidée comme je l'aurais dû.

Nous étions seules, donc, en cette terrible fin de juin 1944. Depuis le débarquement, les bruits les plus fous couraient sur les représailles menées par les Allemands dont les divisions remontaient du sud-ouest en direction de la Normandie. Elles étaient sérieusement accrochées sur les routes par les commandos des maquis et se vengeaient atrocement, comme à Oradour-sur-Glane, où, disait-on, il y avait eu un massacre. Nous venions d'apprendre que les Allemands avaient fusillé une trentaine d'otages à Gourdon, pas très loin de chez nous, et nous étions très inquiètes pour Eloi et Florentin.

C'était l'un des derniers jours de juin, embrasé de lumière et saturé de parfums. Un jour comme je les aimais follement avant la guerre. Nous étions assises à l'ombre, Françoise et moi, et nous parlions de nos hommes absents, en nous efforçant de nous donner espoir l'une à l'autre. Les sonnailles tintaient paisiblement un peu en contrebas, et je surveillais des yeux une buse qui tournait au-dessus du troupeau. Et tout à coup Françoise s'est levée, a poussé un cri, tendu les mains devant elle comme si elle allait tomber, s'est mise à pleurer. Comme je lui demandais ce qui se passait, elle qui justement ne pleurait jamais, elle n'a pas pu me répondre, s'est contentée de murmurer : « Eloi... Eloi... » avec une telle frayeur dans la voix que j'en ai eu des frissons. Elle était devenue livide, sans force, et elle tremblait. Je l'ai fait asseoir, je l'ai prise contre moi mais il m'a fallu un long moment avant de parvenir à l'apaiser. Quand elle a eu retrouvé un état normal, je n'ai pas osé lui poser de questions, tellement j'avais peur. J'ai fait semblant de croire qu'elle avait eu un petit malaise, et j'ai compris qu'elle en était soulagée.

Le soir, après avoir rentré les bêtes, j'ai senti qu'elle se forçait pour parler de choses et d'autres, mais elle est allée se coucher de bonne heure. Je n'ai pas tardé à gagner ma chambre moi aussi. Mais comment aurais-je pu trouver le sommeil ? J'ai passé la nuit à chercher à repousser l'angoisse qui me tenaillait depuis le milieu de l'après-midi. En vain. Le lendemain matin, comme j'allumais le feu dans la cheminée, on a frappé à la porte. Dès cet instant j'ai su que le malheur allait entrer chez nous.

J'ai ouvert malgré tout : c'était Basile, pitoyable, les yeux lourds du manque de sommeil, le béret à la main. Il ne savait que dire, répétait seulement tandis que je le regardais sans plus d'espoir :

— Marie... Ma pauvre Marie...

Je me suis effacée pour le laisser entrer, et je lui ai dit d'une voix qui semblait venir de très loin, du fond de moi :

— Eloi est mort, n'est-ce pas ?

Il a hoché la tête sans me regarder, mais je n'attendais pas de réponse. Quand je me suis retournée, j'ai aperçu Françoise qui était entrée sans bruit. Nous sommes tombées dans les bras l'une de l'autre sans un mot, car nous savions toutes les deux, depuis la veille, qu'il était arrivé malheur à Eloi. Ensuite, je ne me souviens plus très bien. Je crois que j'ai arrêté le balancier de l'horloge — une belle horloge en bois de noyer que nous avions achetée trois ans auparavant — et j'ai demandé à Basile :

— Comment ça s'est passé ?

— Un accrochage sur une route nationale. Ils ont attaqué une colonne. Une balle dans le cœur. Il est mort sur le coup.

Et il a ajouté, cherchant à adoucir le choc :

— Sans souffrir, Marie, sans souffrir.

Puis il nous a dit qu'il s'occupait de nous faire rendre

le corps et il est parti, aussi impuissant que nous l'étions à dissimuler notre douleur. C'était le deuxième fils que je perdais. Florentin était en prison. Jamais les jours ne m'ont paru plus noirs qu'en ce mois de juin, malgré la chaude lumière du causse qui avait toujours su réchauffer mon cœur. Françoise et moi, nous étions au-delà des larmes. Même quand nous avons dû annoncer la nouvelle à Jean, même ce jour terrible où nous avons enterré Eloi dans le petit cimetière ceint par des murs de lauzes blondes. Nous nous sommes accrochées à l'espoir de revoir Florentin le plus vite possible, et nous avons lutté côte à côte, ma fille et moi, sans nous lâcher la main. Je me disais que je n'avais rien pu faire contre la folie des hommes, mais je savais malgré tout qu'une lumière brillait derrière la brume froide des jours, vers laquelle je devais continuer de marcher. Je refusais cet orgueil qui incite les vivants à vouloir tout comprendre et je me disais qu'un jour je retrouverais ceux qui m'avaient quittée. Accepter tout cela, vivre dans l'espérance, ne rien oublier mais ne rien regretter, c'est avec ces idées-là que je me remettais en route chaque matin, sous le regard attentif et tendre de Françoise et de Jean.

J'ai laissé passer un peu de temps avant de reparler avec elle de cette « vision » qu'elle avait eue le jour de la mort d'Eloi, et elle m'a avoué que c'était la première fois. Mais j'ai compris qu'elle tremblait d'en recevoir une autre qui aurait concerné son père et qu'elle n'en vivait plus. Il y a des êtres que le Bon Dieu caresse plus facilement que d'autres. Ce sont ceux qui Lui ressemblent le plus. Françoise était de ceux-là, et je lisais dans ses yeux cette limpidité des âmes qui défient la douleur et le temps. Sa présence m'apaisait. Nous nous promenions ensemble, le soir, dans la chaleur moite des nuits de juillet, et nous parlions d'Eloi, de Florentin, de Jean qui avait terminé l'année scolaire et qui voulait devenir ingénieur. Elle était fière de lui autant que moi, et jamais la moindre ombre de jalousie ne lui a terni le cœur.

Le mois de juillet a passé, puis la première quinzaine d'août, et les villes du Sud-Ouest ont commencé à se libérer. Même si nous avions peur, nous sentions l'espoir grandir en nous à mesure que les jours passaient. Basile n'avait pas de nouvelles, mais il se montrait optimiste. Et le dernier dimanche d'août, nous sommes allées garder les brebis, Françoise et moi, dans la torpeur d'un après-midi encore plus chaud qu'à l'ordinaire. Il était près de cinq heures quand nous avons vu le chien partir en gémissant vers la route. A peine étions-nous debout que Florentin, là-haut, apparaissait entre les chênes. Nous avons couru, tellement couru, sur le sentier étroit où les pierres roulaient sous nos pieds, nous accrochant aux genévriers pour aller plus vite, le cœur fou, incapables de prononcer un mot, ne songeant qu'à arriver jusqu'à lui au plus vite et le serrer dans nos bras ! Tout cela a été si violent que, dès qu'il m'a lâchée, je suis tombée évanouie.

Quand j'ai rouvert les yeux, entre le bleu du ciel et moi, il y avait le visage calme de Florentin qui souriait. Il m'a aidée à me relever, s'est assis a côté de moi et nous sommes restés là, avec Françoise, sans nous regarder, mais unis par nos mains étroitement serrées. A un moment, j'ai compris que Florentin pleurait comme pleurent les hommes, parfois, sans un soupir, sans un sanglot, presque sans une larme. Il savait bien sûr que notre Eloi était mort. Il avait appris sa disparition trois jours plus tôt, sur la route, de la bouche d'un homme qui avait assisté à l'accrochage. Mais ce jour-là, sur le coteau, il n'a pas prononcé un mot à son sujet. Je crois que la douleur était trop forte en lui. Même quand nous sommes allés au cimetière, un peu plus tard, il est resté silencieux, comme si ce silence lui permettait de nier la réalité, peut-être même d'imaginer son fils parti pour un voyage d'où il finirait bien par revenir un jour.

Nous sommes rentrés lentement, dans le soir tombant, jusque chez nous, et là non plus Florentin n'a pas parlé. Pas un mot sur sa vie depuis qu'il avait été arrêté, pas un mot sur la prison, sur les interrogatoires qu'il avait dû subir, sur la mort de Fausto, sur ce qui s'était passé à Toulouse. C'était un homme qui gardait tout en lui, surtout le pire, et ne donnait que le meilleur. Je savais qu'il me parlerait un peu plus tard, comme au retour de la guerre de 14, mais que ce ne seraient que des bribes. Enfin ! il était là : c'était l'essentiel. D'ailleurs, mon principal souci n'était pas de connaître le passé, mais plutôt de l'entendre tousser. Je comprenais que de nouveau la maladie était en lui, sans doute à cause des conditions pénibles qu'il avait endurées en prison.

Durant la nuit qui a suivi, il était tellement épuisé qu'il a dormi d'un sommeil d'où rien n'aurait pu le tirer. Dès le lendemain, cependant, j'ai réussi à le persuader de repartir pour Montfaucon où il serait soigné avant que le mal ne s'aggrave. Je l'y ai conduit deux jours après en charrette, puis je suis revenue seule vers Françoise et Jean, un peu rassurée, tout de même, par les propos du médecin qui l'avait examiné dès notre arrivée. Jean, qui avait promis de remettre la carrière en route avant de repartir à l'école, s'est fait un point d'honneur de la tenir et y a travaillé chaque jour jusqu'à la fin septembre. Florentin n'a pas tardé à revenir, guéri, ou presque, et surtout pressé de se remettre au travail. Il ne se sentait pas le courage de remplacer Fausto pour le moment, d'autant plus qu'il avait tous les jours sa maison sous les yeux, pauvre maison aux volets clos où Eléonore n'était jamais revenue. Et d'ailleurs qu'y aurait-elle fait ? De quoi aurait-elle vécu ? Elle préférait rester chez ses parents et les aider de son mieux, d'autant plus que leur gendre était mort au maquis. Elle venait de temps en temps à la maison, parlait tout l'après-midi de Fausto et de la vie qu'ils avaient menée à la carrière et repartait un peu moins malheureuse qu'elle n'était arrivée. Quant à moi, je ne passais pas une journée sans me rendre avec

Françoise sur la tombe d'Eloi. Ainsi les jours me semblaient-ils plus riches de sa présence et je ne cessais guère de penser à lui.

Et puis il y a eu le 8 mai 45, et de nouveau ces cloches qui annoncent aussi bien le bonheur que le malheur. La guerre m'avait pris un fils mais rendu un mari. Tous deux s'étaient battus pour notre terre et avaient aidé de toutes leurs forces à sa libération. Cependant, chaque nuit, apparaissait devant mes yeux la tache rouge éclose sur la poitrine de mon fils, et je savais qu'elle ne s'effacerait jamais. Je devais apprendre à vivre avec elle, à ne jamais désespérer. C'est ce que j'ai fait en rassemblant mes forces et en m'efforçant de sourire.

Aujourd'hui, quand nous recevons dans notre maison de jeunes Allemands correspondants de mes petits-enfants, je pense à Eloi sans amertume. Sans doute fallait-il subir cette épreuve pour que nos petits-enfants, précisément, puissent s'entendre et s'aimer avec les jeunes de ce pays. Je me dis que la mort d'Eloi a servi à ça ; qu'elle n'a pas été inutile. J'embrasse cette jeunesse blonde avec tendresse, et, quand elle s'en va, je ne me cache pas pour verser quelques larmes. Ainsi va notre vie. Mais ce que je sais, ce dont je suis sûre, c'est que, quoi que je fasse, Eloi, là où il est, veille sur moi et me sourit.

8

JE m'étais juré en 1939 de ne jamais remettre les pieds dans une église s'il arrivait malheur à l'un des miens, et pourtant je m'y rendais chaque matin depuis ce mois de mai qui avait vu la paix nous revenir. Comme après la fin de la guerre de 14, la confiance s'installait de nouveau sur nos collines, et l'air que nous respirions semblait plus limpide, le bleu du ciel plus bleu, le vent plus doux. Les gens des campagnes avaient d'ailleurs beaucoup moins souffert qu'alors. La plupart, dans les bourgs et les villages, n'avaient jamais vu le moindre uniforme allemand. Les maires ne s'étaient pas déplacés aussi souvent, l'écharpe à l'épaule, pour annoncer la terrible nouvelle de la mort d'un fils ou d'un mari. Seuls les mois de juin et de juillet 44 avaient été meurtriers, du moins chez nous. L'horreur, la vraie, avait frappé plus à l'est, dans ces camps d'où bien peu d'hommes sont revenus. Mon Dieu ! quand j'ai vu ces premières photos sur les journaux, comme j'ai eu mal ! Voir des hommes et des femmes ainsi traités m'a donné honte d'être vivante, et j'ai passé de longues journées seule sans trouver la force de parler à qui que ce soit.

Et puis l'été a passé, l'hiver aussi, et un nouveau printemps est arrivé. Ce fils que la guerre m'avait pris, je l'entendais toujours me parler, rire, je le voyais assis à table, et je sentais à chaque minute qu'il n'existe pas de plus grand malheur au monde que de perdre un enfant. Sans doute pour compenser cette absence, je m'étais rapprochée encore plus de Françoise dont le regard, le sourire m'étaient devenus aussi indispensables que l'air que je respirais. Et voilà que depuis quelque temps je la sentais s'éloigner de moi doucement, insensiblement, sans que je ne puisse rien faire pour la retenir. Elle me parlait moins, soudain, fuyait quelquefois ma présence, et je me demandais quelle faute j'avais commise pour provoquer une telle conduite. Elle s'est tue jusqu'en septembre, avec cette même obstination qu'elle mettait en toute chose, mais sans paraître s'apercevoir combien j'en souffrais. J'en parlais à Florentin, qui avait aussi remarqué cette distance soudaine, mais je ne trouvais pas le courage de parler à Françoise. Un soir que nous étions seules toutes les deux en attendant Florentin, elle s'est brus quement tournée vers moi et m'a dit d'un air bouleversé :

— Il faut que je parte, maman.

C'est à peine si j'ai eu la force de demander :

— Et où veux-tu partir, ma fille ?

— A Paris.

J'avais imaginé bien autre chose : le chagrin, la maladie ; mais je découvrais que son mal était bien plus terrible encore, à la fois pour elle et pour moi. En me voyant si malheureuse, elle m'a expliqué d'une voix douce qu'elle ne voulait pas passer sa vie sur nos collines, mais vivre ailleurs, et d'un métier qui la rendrait heureuse. Elle devinait que loin du causse le monde était différent, plus vivant, qu'elle pourrait découvrir d'autres gens, exister autrement que nous existions ici, et peut-être faire des études pour soigner les autres, ce dont elle rêvait depuis toujours. Elle avait retardé ce moment le plus possible à cause de nous, pour ne pas nous faire souffrir, mais elle ne voulait plus reculer. L'institutrice, dont la sœur était infirmière à Paris, avait trouvé à Françoise, par son intermédiaire, une place d'aide-soignante dans un hôpital. Elle devait partir. Maintenant. Tout de suite.

Quand elle s'est tue, j'étais tellement abasourdie, assommée par le choc, que je suis restée un long moment silencieuse, incapable d'accepter ce départ qui, pour elle, je le sentais bien, était très important. Je n'ai su que lui dire, pour essayer de gagner du temps :

— Attends un peu ; réfléchis encore, peut-être que tu finiras par changer d'avis.

Elle m'a répondu en souriant :

— Je réfléchis depuis très longtemps. Il faut que je parte.

Elle n'avait pas vingt et un ans, et je l'imaginais perdue dans la grande ville sans pouvoir se défendre. De plus, le souvenir que je gardais de Toulouse ne faisait qu'ajouter à mon désir de la retenir près de nous.

— Il faut que tu m'aides, maman, a-t-elle ajouté. Il n'y a que toi qui feras céder papa.

Elle s'en remettait à moi, totalement, et cette confiance intacte me donnait encore plus envie de la garder. Des larmes dans ses yeux me faisaient comprendre qu'elle était aussi malheureuse que moi.

Florentin est arrivé à ce moment de notre conversation. Comme il s'étonnait de nous voir ainsi troublées, je lui ai répété ce que m'avait dit notre fille. D'abord il m'a regardée pour essayer de savoir ce que j'en pensais, puis j'ai compris qu'il prenait sur lui pour ne pas se fâcher. Il a dit simplement, d'une voix qui tremblait un peu :

— Alors tu veux nous abandonner ?

J'ai vu la souffrance dans les yeux de ma fille et je me suis précipitée à son secours en expliquant à Florentin qu'on lui avait trouvé un travail dans un hôpital, que c'était comme une force qui la poussait, et qu'on devait lui faire confiance. Et tous ces mots que je prononçais étaient aussi douloureux que des coups sur mon corps.

Florentin a répondu calmement qu'elle n'était pas majeure et qu'elle devait attendre ; à vingt et un ans elle ferait ce qu'elle voudrait. Mais elle a répété humblement, toujours souriante, malgré le difficile combat qu'elle menait :

— Il faut que je parte maintenant. Essayez de me comprendre. Après, je n'en aurais plus le courage.

Le repas a été bien triste ce soir-là, tellement nous étions malheureux tous les trois. Nous sommes allés nous coucher sans avoir trouvé la force de parler davantage. Pourtant Françoise m'a embrassée comme si de rien n'était, et j'ai senti dans ce baiser sa tendresse et sa confiance.

Evidemment, j'ai passé la nuit à réfléchir sans pouvoir trouver le sommeil. Je me disais que je n'avais pas le droit de retenir ma fille et, en même temps, j'avais peur qu'il ne lui arrive malheur si elle partait, ce que je me serais reproché toute ma vie. Les parents ne sont jamais conscients de l'énergie de leurs enfants. Ils les voient toujours faibles et vaincus. Ils voudraient toujours les protéger, même quand ceux-ci ne souhaitent que pouvoir construire leur vie à leur guise et apprendre seuls ce qui ne s'enseignera jamais. Je devinais ce que Françoise ne pouvait exprimer : elle désirait autre chose que garder les brebis toute sa vie. L'avenir était ailleurs. Déjà, beaucoup de jeunes quittaient les collines pour trouver du travail dans les villes. Comment aurais-je pu lui en vouloir ? Pourquoi lui aurais-je imposé la vie que je menais si elle en souhaitait une autre ? Je ne voulais que son bonheur, je n'avais donc pas le droit de m'opposer à son départ.

Le lendemain, dès que Florentin est parti au chantier, nous nous sommes retrouvées seules, face à face, de chaque côté de la table, les yeux dans les yeux. Alors je lui ai dit :

— Tu sais, ma fille, tu peux partir quand tu veux.

Elle m'a souri, a répondu :

— Je suis contente que tu sois d'accord, mais je voudrais que papa le soit aussi.

— Moi, je te comprends. Lui, pas encore, mais je saurai bien le convaincre, puisque tu le veux.

Elle m'a embrassée, heureuse comme je ne l'avais pas vue depuis longtemps, et j'ai enfin retrouvé la Françoise que j'avais perdue. Mais il me restait à persuader Florentin de la laisser partir, et ce n'était pas le plus facile. Il en revenait toujours à son âge, aux dangers de la grande ville, à notre maison qui lui était destinée, au mariage qui l'attendait, si elle savait être un peu patiente. Je comprenais au fur et à mesure de nos conversations que je ne parviendrais pas à le décider. Un soir, pourtant, alors que j'étais allée le rejoindre sur la route de la carrière, je lui ai dit que nous avions une dette envers elle, puisque nous n'avions pas été capables de lui payer des études comme à son frère. Il s'est tourné vers moi, une lueur douloureuse dans le regard, mais il ne m'a pas répondu tout de suite. C'est seulement en arrivant à la maison qu'il m'a demandé d'une voix un peu triste :

— Elle ne veut vraiment pas rester encore un peu avec nous ?

— Non, ai-je dit, le travail qu'on lui propose est à prendre avant la fin du mois. Il lui plaît. Elle a toujours rêvé de soigner les gens.

Il a soupiré, puis il m'a dit :

— C'est vrai qu'elle ne connaît pas la jalousie, cette petite, et en plus elle nous a aidés sans jamais rien demander. Tu as raison, il faut la laisser partir.

Je le reconnaissais bien là, mon Florentin : chaque fois que nous avions dû prendre une décision difficile, et contrairement aux autres hommes, il avait su penser à ses enfants avant de penser à lui. Françoise nous a remerciés avec des mots si simples et si sincères que nous avons un peu oublié la peine que nous causait ce départ.

Restait cependant le plus difficile : la véritable séparation qui allait nous priver d'une présence à laquelle nous étions tellement attachés. Nous avons conduit notre petite à la gare un triste jour de pluie. Que la route m'a paru courte, cet après-midi-là ! Je la sentais trembler tout contre moi, serrer les dents sur sa résolution, tandis que la charrette approchait de la gare, entre ces bois de chênes qu'elle connaissait si bien. Je nous revois sur le quai, tous les trois, hésitant encore à nous quitter, je sens ses lèvres sur ma joue, ses mains sur mes épaules. Les larmes que je repoussais, c'est elle qui les versait, une à une, malgré son sourire. J'avais envie de la retenir, de la supplier de ne pas partir et pourtant une voix me criait que j'avais raison de lui ouvrir ainsi les portes d'une vie différente. Comme j'ai souffert devant ce train qui ne se décidait pas à partir, tandis que Florentin, muet, s'était éloigné et que seule une mince vitre nous séparait, ma fille et moi ! Je comprenais maintenant ses silences des mois précédents, ce terrible combat qu'elle avait mené d'abord contre elle-même, ensuite contre nous, et je m'en voulais de n'avoir pas su l'aider, moi, sa mère, qui l'aimais tellement.

Quand le train s'est ébranlé, elle m'a souri, son regard noir planté dans le mien, m'a fait un petit signe de la main, puis elle a disparu, emportant avec elle ces longs jours merveilleux passés l'une près de l'autre.

Nous sommes rentrés lentement chez nous, sous la pluie, sans forcer la jument qui semblait, comme nous, accablée. J'ai essayé de parler à Florentin, mais il était ailleurs, très loin, et ne m'entendait pas. Je ne reconnaissais rien du causse que j'aimais. Il me semblait que nous allions nulle part. Le soir, à table, nous nous sommes retrouvés seuls, Florentin et moi, alors que jusqu'à ce jour il y avait toujours eu des enfants dans la maison. J'avais quarante-cinq ans ; Florentin près de cinquante. Je me sentais jeune, mais je savais que le temps des enfants venait de se terminer et que j'allais devoir trouver en moi d'autres richesses.

L'hiver a passé. Nous nous sommes habitués car il le fallait bien. Françoise revenait une fois par mois, si possible en même temps que Jean. Ces jours-là, je me mettais en cuisine pour leur faire fête. Françoise était contente de son travail. Elle étudiait le soir pour devenir infirmière. Elle logeait dans une chambre sous les toits et travaillait surtout la nuit pour gagner plus d'argent. Je ne la reconnaissais pas. Elle avait pris de l'assurance et avait perdu son sourire d'enfant. Elle parlait de sa vie avec une sorte de passion qui me rendait heureuse de l'avoir laissée partir. Elle écrivait chaque semaine de courtes lettres que j'attendais avec impatience et que je relisais plusieurs fois, comme j'avais relu les lettres de Florentin pendant la guerre. Je vivais en comptant les jours qui me séparaient de sa venue, et les jours ne passaient jamais assez vite à mon goût. Pourtant ils m'ont amenée tout doucement, sans que je m'en rende compte, jusqu'à ce printemps dont je devais me souvenir toute ma vie.

Un matin, vers onze heures, ce mois d'avril-là, le facteur m'a apporté une lettre d'une écriture inconnue qui venait de Caniac-du-Causse. Cette lettre, je l'ai encore, et je pourrais vous la montrer si vous le vouliez ; vous allez comprendre pourquoi. Je l'ai ouverte sans appréhension, et j'ai eu vite fait de parcourir les quelques lignes qui m'annonçaient que ma mère était sur le point de mourir et qu'elle avait demandé à me voir. Celle qui m'avait tellement manqué toute ma vie m'appelait près d'elle au moment de disparaître : c'était si inattendu, si incompréhensible, mais si douloureux, aussi, que je n'arrivais pas à le croire. Je l'ai relue trois fois, les mots dansaient devant mes yeux, je ne savais si je devais en pleurer ou en rire, et pourtant j'étais prête à partir aussitôt retrouver cette Mme D... qui me demandait de venir à Caniac le plus vite possible. J'ai couru jusqu'à la carrière, ma lettre à la main, des larmes sur les joues, mais si contente, si heureuse ! Florentin, comme moi, n'en croyait pas ses yeux. Il a essayé de me mettre en garde, de me dire que je risquais plus à y aller qu'à essayer d'oublier, qu'il y avait peut-être là-dessous des questions de dettes ou d'héritage, mais c'est à peine si je l'ai écouté. Nous avons mangé rapidement, puis je me suis aussitôt apprêtée à partir. J'avais tellement besoin de savoir, de comprendre ! Il n'y avait dans mon cœur aucune animosité, aucune amertume, mais seulement le besoin de combler le gouffre qui, parfois, s'ouvrait sous mes pieds au souvenir de ma petite enfance. Car je l'aimais sans la connaître, cette femme, et il y avait longtemps que je lui avais pardonné.

Il en est passé, des idées, des souvenirs, des regrets, pendant ce long trajet sous le soleil d'avril ! Je me revoyais toute petite avec Johannès au milieu des brebis, et puis au Mas del Pech avec Augustine et Alexis. Je ne savais pourquoi, mais j'avais toujours cru que ma mère n'était pas loin. D'ailleurs, elle m'avait déposée dans une grèze près de Maslafon, à peu près à mi-chemin entre Fontanes et Couzou. Je me disais qu'elle avait toujours veillé sur moi, la pauvre femme, et que la honte l'avait empêchée de m'appeler plus tôt. Des idées folles, en somme, et qui ne pouvaient me mener qu'à une terrible déception.

Si je ferme les yeux, je me revois sur la charrette, poussant la jument fatiguée, je sens le soleil qui séchait mes joues sur lesquelles coulaient des larmes que je ne pouvais plus arrêter, je revois ces perdrix qui ont traversé la route avec leurs petits, je brûle de cette même impatience qui, pour la première fois de ma vie, m'obligeait à me servir du fouet. Je ne savais pas ce qui m'attendait à Caniac, mais j'avais confiance : le Bon Dieu ne pouvait pas me faire retrouver ma mère sans me la faire aimer.

La maison indiquée sur la lettre se trouvait un peu à l'écart du bourg, sur la route de Sénaillac-Lauzès. Elle était longue et basse, en bordure d'un petit bois de chênes. J'ai arrêté la charrette en bas du chemin, attaché le licou autour d'un grand genévrier, puis je suis montée vers la maisonnette dont la porte était ouverte.

Là, le cœur fou, les jambes tremblantes, j'ai frappé. Une femme brune est apparue. Elle avait la cinquantaine, était forte et grande, portait les cheveux attachés en chignon, s'essuyait les mains à son tablier noir. Quand je lui ai montré la lettre, elle a dit seulement :

— Alors c'est vous, Marie.

Puis, comme je hochais la tête :

— C'est bien moi qui vous ai écrit. Je m'appelle Ida D... Votre mère est ici. Entrez donc et asseyez-vous ; il faut que je vous parle.

Je suis entrée dans une grande cuisine noire de fumée et de suie. Il y avait, accroché au mur, un râtelier en buis pour le pain. Sur la table se trouvaient des pieds de pissenlits que la femme était en train de trier quand j'avais frappé. Dans l'évier de pierre, une *couade* [1] était posée sur un seau qui semblait fuir de toutes parts. Mme D... m'a fait asseoir en face d'elle et m'a proposé du café. Malgré mon impatience, j'ai accepté car j'avais froid. Je n'arrêtais pas de trembler. Quand elle a eu versé le café dans les verres, Mme D... m'a dit :

— Vous savez, elle a beaucoup hésité, parce qu'elle a honte de ce qu'elle a fait. Il y a si longtemps, pourtant... Si je vous ai écrit, c'est parce qu'il m'a semblé que ça lui ferait du bien ; la pauvre, elle n'en a plus que pour quelques jours.

J'ai demandé :

— On ne peut donc pas la soigner ?

— Elle n'a que soixante-quatre ans, mais elle est tellement usée ! C'est qu'elle en a vu dans sa vie, vous savez ! Vous êtes bien sûre que vous voulez la voir ?

J'étais venue exprès, et je n'en pouvais plus d'attendre. J'ai répondu :

— Vous avez bien fait de m'écrire et je vous remercie. Maintenant, je voudrais la voir vite.

La femme s'est levée et m'a dit, avant de pousser la porte de la chambre :

1. Un godet.

— Attendez-moi ici, je vais la prévenir.

Comme elles m'ont paru longues ces quatre ou cinq minutes pendant lesquelles elle est restée dans la pièce voisine ! Pas un instant, pourtant, je n'ai eu envie de quitter la maison. Je n'osais pas croire que j'allais enfin connaître celle qui m'avait tant manqué, celle à qui j'avais parlé si souvent, enfant, sans jamais recevoir de réponse. Quand Mme D... est revenue, j'étais déjà debout. Elle m'a fait entrer dans une petite chambre seulement éclairée par une chandelle, je me suis doucement approchée du lit et enfin je l'ai vue. Mon Dieu qu'elle était belle ! Elle paraissait fragile comme une enfant et près de casser sous les doigts. De longs cheveux blancs encadraient un visage presque sans rides, où deux petits yeux gris brillaient sous les larmes. Je lui ai pris la main et je me suis assise au bord du lit sans la lâcher. Je ne pouvais rien dire tellement j'avais mal, tellement c'était bon d'avoir mal ainsi. Nous sommes restées un moment silencieuses, pleurant toutes les deux sur ces longues années de séparation, incapables de prononcer les mots qui étaient restés trop longtemps prisonniers en nous. Si je ferme les yeux, je la revois, tournée vers moi, avec à peine de peau sur le visage et des yeux transparents. Et ce sourire triste, tellement fatigué, comme il me faisait mal ! Sans même qu'elle ait ouvert la bouche, je comprenais que cette rencontre était la récompense, le moment de bonheur qu'elle avait espérés toute sa vie. Combien de minutes ont passé ainsi ? Dix ? Vingt ? Peut-être plus.

A la fin, après l'avoir embrassée longuement, je me suis assise sur une chaise, tout près d'elle, et elle a commencé à me parler d'une voix douce, très faible, s'arrêtant toutes les minutes pour reprendre son souffle, en souriant. Elle s'appelait Anna S... Elle était née en 1883 dans une masure du plateau, première d'une famille nombreuse dont le père, journalier, était mort dix ans après sa naissance. Sa mère, veuve et dans le besoin, l'avait placée à douze ans dans un grand domaine au lieu-dit Les P..., où elle était servante. A dix-sept ans, elle n'avait pas su résister aux avances du maître des lieux, un homme froid, autoritaire et violent qui l'avait chassée dès que sa grossesse avait été visible. Elle n'avait pas osé revenir chez elle, avait erré sur le causse de bergerie en bergerie, se nourrissant seulement de lait de brebis et de fruits sauvages. Un colporteur rencontré sur un chemin avait accepté de lui écrire sur une feuille de papier ces quelques mots : « Elle s'appelle Marie. » Car elle ne doutait pas d'avoir une fille et voulait l'appeler comme sa mère. Elle avait décidé de m'abandonner dès qu'elle avait été chassée, persuadée qu'elle ne pourrait pas m'élever sans mari et sans travail. Elle avait accouché seule, avant terme, à l'automne de l'année 1901, et m'avait déposée au pied d'un genévrier, pas très loin de la bergerie de Johannès qu'elle connaissait comme un brave homme, car il lui avait une fois donné à manger. Huit jours après son accouchement, elle était revenue chez sa mère et, sans rien dire de ce qui lui était arrivé, elle l'avait aidée à élever ses frères et sœurs. Mais sa mère était morte un peu plus tard, et elle avait dû quitter la maison, se placer dans des mas ou des fermes. Pendant tout ce temps, elle s'était renseignée pour savoir ce que j'étais devenue et, pour rester près de moi, avait trouvée une place de journalière à Fontanes-du-Causse. Ainsi, elle avait pu m'apercevoir de temps en temps à l'église et sur la place, heureuse de me savoir dans une bonne maison, en compagnie d'Alexis et d'Augustine, où je ne manquais de rien. Elle avait même assisté à mon mariage avec Florentin et m'avait embrassée ce jour-là, comme tous les invités, au sortir de l'église, avant d'aller se cacher pour pleurer à son aise.

Après notre départ à Couzou, à la fin de la guerre, elle était restée quelques années à Fontanes, puis, à la mort de ses maîtres, elle avait dû partir à Montfaucon, où on l'avait embauchée comme femme de chambre, au sanatorium. Là, elle s'était mariée avec un des cuisiniers, qui buvait et la maltraitait, mais elle s'était retrouvée veuve très rapidement, et sans enfant. Pendant son mariage, toutefois, elle s'était liée d'affection avec sa belle-sœur, Ida, celle-là même qui l'avait recueillie, étant sa seule parente, quand elle était tombée malade, six mois auparavant.

Voilà. En quelques minutes j'avais tout appris de sa vie, une pauvre vie de travail et de peine, et j'avais compris pourquoi elle avait tellement tenu à me voir avant de mourir.

Quand elle s'est arrêtée de parler, nous sommes restées longtemps silencieuses, puis je me suis levée pour l'embrasser et j'ai senti que c'était bien ce qu'elle attendait. Elle paraissait épuisée, mais, quand elle a senti mes lèvres sur sa joue, son visage s'est éclairé d'une lumière qui, pendant quelques minutes, lui a rendu un peu de sa jeunesse. J'aurais voulu l'emmener avec moi, la soigner, l'aimer jusqu'à la fin, lui donner tout ce qui lui avait manqué toute sa vie, mais elle n'était pas transportable, la pauvre. Pour la laisser se reposer, je suis passée dans la cuisine où m'attendait Ida, cette femme si généreuse qu'elle n'avait pas hésité à prendre sous son toit une malheureuse à la fin de sa vie. Comme il était tard, elle m'a proposé de rester pour la nuit et j'ai accepté. J'ai pu ainsi veiller sur celle qui m'avait tant manqué sans lui lâcher la main et en lui murmurant tous les mots qui étaient restés au fond de moi, pleins de tendresse et de soleil.

Le lendemain, je suis repartie pour Couzou, afin d'expliquer à Florentin ce qui s'était passé à Caniac. Il ne s'était pas inquiété de mon absence, sachant très bien qu'il était difficile de faire l'aller et le retour dans l'après-midi. Je lui ai tout raconté, et j'ai senti qu'il était ému autant que moi de ces retrouvailles tardives, mais tellement précieuses. Quand je suis repartie, après avoir mangé, il m'a dit :

— Je souhaite qu'elle puisse vivre encore longtemps et que vous rattrapiez le temps perdu.

Nous avons eu cette chance. Oh ! la pauvre femme n'a pas vécu des mois ni des années, mais seulement quinze jours, et, encore, durant ses dernières heures, elle n'a eu que quelques minutes de lucidité. Qu'importe ! Ces quinze jours ont été le plus beau cadeau que j'aie jamais reçu et ils restent gravés dans ma mémoire. J'en ai savouré chaque seconde, chaque minute, et je sais qu'elle a eu le temps de comprendre que je ne lui en voulais pas, que je l'aimais, au contraire, encore plus, d'avoir sacrifié sa vie pour ce qu'elle pensait être mon bonheur. Pauvre femme ! Il n'en existe plus guère aujourd'hui et c'est heureux. Des êtres si fragiles, si vulnérables, trouveraient dans ce monde encore moins de place qu'ils n'en trouvaient alors, et ce n'est pas peu dire. Pourtant tout était beau chez eux : leur visage aussi bien que leur âme.

Nous l'avons enterrée dans le petit cimetière de Caniac-du-Causse, puis je suis repartie avec Florentin, apaisée de savoir qu'elle ne souffrait plus et aussi d'avoir pu combler le gouffre qui, parfois, s'ouvrait dans ma vie. De retour à Couzou, pourtant, je n'ai pas cessé de penser à elle. Je croyais être guérie, mais je ne l'étais pas. Pendant les longs après-midi où je gardais les brebis, je pensais à elle, à sa vie, et j'en souffrais comme s'il s'était agi de ma propre vie. Ce qui me faisait mal, c'était maintenant de savoir que j'aurais pu l'aider plus tôt, la soulager, lui donner ce bonheur auquel elle avait droit, mais qui lui avait été refusé. Et je revoyais ses yeux clairs, si doux et si tristes, j'entendais sa voix, pourtant si faible, qui me parvenait de si loin. Je pensais aussi à mon père, cet homme qui devait être mort depuis longtemps et que grâce à Dieu je n'avais jamais connu. J'ai eu plusieurs fois envie de me rendre au domaine de cette famille qui, je le savais, vivait encore au lieu-dit Les P…, et puis j'y ai renoncé. A quoi bon ? Aucun des enfants de cet homme, ou plutôt de ses petits-enfants, n'était responsable de ce qu'il avait fait. A cette idée, pourtant, il me semblait que le monde était un peu moins beau, la lumière du ciel un peu moins limpide, le pain de mes repas moins bon. Jusqu'à ce jour, vivre dans mes rêves m'avait toujours préservée de la rancune. Je sais aujourd'hui que c'est la seule manière de vivre heureux dans une époque où seuls comptent l'argent et le pouvoir. Mais je n'en suis pas désespérée pour autant : il y a toujours quelque part une lumière qui brille pour tout le monde, et c'est celle-là qui donne la force du pardon et de l'espoir.

J'ai retrouvé la confiance, à cette époque-là, en soignant avec dévotion ceux qui venaient me voir, de plus en plus nombreux. Eteindre leur souffrance était pour moi toujours aussi merveilleux. Trouver sur ma fenêtre ou devant ma porte des pigeons, des œufs ou des fruits, me donnait du bonheur pour toute une journée. Cette reconnaissance qu'ils me manifestaient ainsi devenait mon alliée la plus sûre pour oublier ce qui s'était passé pendant les derniers mois.

Parce que le temps ne s'arrête pas aux joies ni aux souffrances, les années ont continué de couler sans que nous y prenions garde. Florentin avait embauché un jeune homme qui s'appelait Fernand et qui avait à peu près l'âge d'Eloi. Je crois qu'il l'avait fait exprès, espérant moins souffrir de son absence. Aussi, quand je les voyais arriver à midi pour la soupe, je m'efforçais d'imaginer que c'étaient mon mari et mon fils qui venaient vers moi. Le fait de penser à Eloi me faisait également penser à Jean qui étudiait maintenant à Toulouse, mais revenait le plus souvent possible. Plus souvent que Françoise, bien sûr, qui avait passé avec succès son diplôme d'infirmière et habitait à Paris un appartement dans le quartier de la porte de Clignancourt. Pour me sentir plus près de Florentin, j'allais garder les brebis au-dessus de la carrière, sur la parcelle que nous avions achetée avant la guerre. Je passais l'après-midi dans le tintement des sonnailles et la chanson des massettes sur les pierres. J'avais parfois l'impression que rien ne pouvait plus changer dans ma vie.

Nous avions peu d'argent, car les études de Jean coûtaient cher, et nous aidions aussi Françoise qui voulait devenir médecin. Elle suivait des cours du soir pour rattraper le temps qu'elle avait perdu à cause de nous. Je m'en voulais souvent de n'avoir pas deviné le rêve le plus secret de ma fille. J'aurais bien mangé du pain et bu de l'eau tout le restant de ma vie pour qu'elle puisse l'atteindre. Car elle avait toujours la même force en elle, la même passion, et je me disais qu'il était impardonnable de n'avoir pas su le déceler au moment où elle en avait besoin. Alors je lui envoyais de l'argent sans le dire à Florentin, et je lui écrivais au moins deux fois par semaine de longues lettres dans lesquelles je lui disais ma certitude de son succès prochain, et ma fierté. Elle n'avait guère le temps de me répondre, mais les quelques lettres que j'ai reçues à cette époque, je les ai gardées précieusement et je les relis parfois, la nuit, quand le sommeil me fuit, car elles me réchauffent le cœur aussi délicieusement que le faisait mon cantou aujourd'hui si lointain.

A l'automne de l'année 1949, pour notre trentième anniversaire de mariage, Florentin est rentré le soir avec un cadeau : le premier qu'il me faisait de sa vie. Mais quel cadeau ! Un poste de T.S.F., celui-là même dont j'avais si souvent rêvé sans le dire, après avoir vu celui de Basile. Oh ! ce n'étaient pas les jeux ou les informations qui m'intéressaient, mais seulement la musique. Toute la musique. La classique, comme celle de variétés. Dès les premiers instants, elle était devenue pour moi un enchantement. Je pouvais rester des heures, le soir, à l'écouter, tandis que Florentin lisait le journal. Que c'était beau, ce *Boléro* de Ravel, ces sonates de Mozart, autant de morceaux que je découvrais, mais qu'il me semblait connaître depuis fort longtemps et qui me parlaient d'êtres dont je me sentais proches ! La musique m'enivrait jusqu'à me faire oublier le lieu où je me trouvais, ma maison, le temps qui passait et même Florentin qui s'endormait près du feu, la tête inclinée sur la poitrine. Il me semblait qu'elle avait été inventée par les hommes pour mieux parler avec le Bon Dieu. Je sais aujourd'hui que c'est vrai. Je sais qu'elle est un moyen pour les âmes de se rejoindre à travers la distance et le temps, qu'elle sera le langage de l'éternité qui m'attend, là-haut, quand j'aurai quitté le monde où je respire depuis plus de quatre-vingts ans avec tant de plaisir.

9

AVEC le début des années cinquante, j'ai retrouvé un peu de cette paix que j'avais tant aimée pendant les années trente. La Terre ne tournait pas encore avec cette vitesse folle qui est la sienne aujourd'hui. On s'occupait de vendanges, de fêtes votives, de feux de Saint-Jean, et les machines à laver n'avaient pas encore supprimé les après-midi lumineux des lavoirs. Les villages perdaient déjà beaucoup de leurs enfants, mais leur cœur continuait de battre fièrement. Ils abritaient toujours un instituteur, un maréchal-ferrant, un forgeron dont les cris et les coups de marteau peuplaient avec bonheur les longs après-midi de l'été, après la sieste. Peu de voitures à essence passaient sur nos routes et nous étions nombreux à nous contenter d'un cheval et d'une charrette.

Notre jument, la Grise, était morte en 1949, et cette disparition avait été pour moi un vrai chagrin. Elle était malade depuis longtemps, mais nous ne nous étions pas décidés à la vendre, et nous la ménagions. Elle avait partagé notre vie, nos malheurs comme nos joies, et de la voir partir sans pouvoir la soigner m'avait désespérée. Un matin, je l'avais trouvée morte et j'avais repensé à tous ces petits voyages effectués ensemble au lavoir, à la foire, à Montfaucon ou à Caniac-du-Causse. Le boucher n'en avait même pas voulu, tellement elle était vieille. Nous avons dû creuser un trou et enterrer la pauvre bête. Et puis, comme nous ne pouvions pas acheter de voiture, nous avons été obligés de racheter une jument pour nous déplacer. Après bien des recherches, Florentin en a trouvé une qui ressemblait à la Grise, et nous l'avons appelée du même nom. Nous avons également acheté trois chèvres pour faire des fromages que je suis allée vendre dans les foires, afin de gagner quelques sous supplémentaires. Car nous vivions de peu, repliés que nous étions sur nous-mêmes, préservés du modernisme par notre éloignement des grandes villes, et peut-être aussi par notre sagesse. Ah ! mon village des années cinquante ! Comme je le regrette aujourd'hui ! La guerre nous avait rendus moins exigeants et, comme après celle de 1914, nous nous faisions plaisir avec un verre d'amitié, un bon repas, un bal sur la place, des crêpes à la chandeleur, des veillées au coin du feu. Les gens, de nouveau, se pressaient nombreux dans les foires, les feux de Saint-Jean illuminaient les nuits de juin, on sacrifiait toujours le cochon en janvier, et sa viande emplissait le saloir pour l'année à venir.

Le dimanche, Florentin m'accompagnait sur la grèze où je gardais les brebis. Nous parlions des enfants, de Jean qui venait de passer avec succès le concours d'ingénieur des Ponts et Chaussées et attendait une nomination. Françoise, elle, avait entrepris des études de médecine, et nous étions contents à l'idée de pouvoir l'aider plus encore, dès que Jean travaillerait. Je pensais souvent à Eloi, mais avec un peu moins de souffrance. Il m'arrivait même, en fermant les yeux, de l'imaginer en des lieux où la douleur n'existe pas, souriant, apaisé comme il l'était enfant, le soir avant de s'endormir.

Ainsi ont passé les jours jusqu'au mois d'octobre 1954, qui s'est terminé par une semaine orageuse et de grande chaleur. Depuis l'été, Florentin était très fatigué et je le suppliais de se reposer quelque temps. Mais il fallait livrer des pierres à la fin de la semaine et il ne voulait pas laisser seul l'apprenti avec tant de travail. Le samedi, après la livraison, il est rentré épuisé, a mangé un peu de soupe et s'est couché aussitôt après. Moi, je suis restée dans la cuisine à écouter de la musique jusqu'à neuf heures et demie, en allant voir de temps en temps s'il n'avait besoin de rien. Il était assoupi, mais il me semblait qu'il respirait mal. A neuf heures et demie — mon Dieu, je m'en souviendrai toujours ! — j'ai entendu un bruit anormal dans la chambre, comme une plainte étouffée, qui m'a aussitôt transie de peur. Tout de suite après, je l'ai entendu m'appeler, mais faiblement, et il me donna l'impression d'être très loin :

— Marie ! Marie !

Je me suis précipitée dans la chambre, et alors j'ai compris : il avait posé les deux mains sur la poitrine, juste sous son cou, ouvrait grande la bouche, et son visage était couvert de sueur. Jusqu'à mon dernier jour je reverrai ses yeux implorants posés sur moi et j'entendrai le son de sa voix si faible, ce jour-là, tandis qu'il murmurait :

— Marie ! Je m'en vais... Je m'en vais...

Je me suis approchée pour dégrafer sa chemise, et ses doigts se sont refermés sur mes poignets. J'avais beau lui parler, essayer de le rassurer, il les serrait comme pour les broyer. Je ne savais que faire. Le vieux médecin n'était plus là, et son remplaçant ne se déplaçait pas aussi facilement. J'ai réussi enfin à me libérer et j'ai tenté de me lever pour aller chercher du secours, mais il s'accrochait à moi en suppliant :

— Marie ! Reste ! Reste !

J'avais souvent pensé que sa longue maladie devait avoir laissé des traces, mais je n'avais pas imaginé que son cœur était devenu si fragile. Mon Dieu ! J'entends encore sa respiration sifflante et ses gémissements qui provoquaient en moi une peur comme je n'en avais jamais connue. J'ai essayé de le soulever pour l'aider à respirer, mais il m'a semblé souffrir davantage. Je lui disais :

— N'aie pas peur, ça va passer, c'est rien.

Mon bras gauche sous ses épaules, je le sentais se débattre contre la mort, alors que j'étais impuissante à l'aider, moi qui l'aimais plus que ma vie. J'ai tenté de nouveau de me lever pour aller chercher une serviette mouillée d'eau froide, mais il m'a repris les poignets en serrant.

— Reste ! Reste ! disait-il, pendant les courts répits que lui laissait la douleur.

Il avait des larmes dans les yeux et je n'osais pas le regarder, tellement j'avais peur. Combien de temps cela a-t-il duré ? Cinq minutes ? Trente minutes ? Je suis bien incapable de m'en souvenir. A la fin, il a poussé un cri, puis il est retombé brusquement et son dernier mot a été pour moi :

— Marie !

Il était mort, mon Florentin, ce compagnon fidèle et courageux qui avait partagé ma vie depuis ma jeunesse, et je le serrais contre moi sans pouvoir m'en détacher, je lui parlais en essayant de croire qu'il s'était endormi, refusant d'admettre qu'il me laissait seule sur la route, moi qui ne savais pas vivre sans lui.

Je n'ai pas trouvé la force de le quitter. J'ai fait alors une chose qui peut paraître absurde mais qui, ce soir-là, a un peu adouci ma douleur : je l'ai allongé dans le lit et je me suis couchée près de lui pour une dernière nuit. Alors je lui ai parlé de tout ce que nous avions fait ensemble depuis le jour où il était entré dans la cour du Mas del Pech, chez Augustine et Alexis. Et tout en lui parlant, je revivais ces moments où nous avions été si heureux, là-bas, dans la bergerie, où il m'apprenait comment soigner les brebis, dans la maison le jour où il était revenu de la guerre, sur la charrette les soirs où il venait m'attendre au retour du lavoir, sur le coteau où il m'accompagnait le dimanche et me parlait, allongé sur la mousse, les mains sous la tête, portant sur lui cette odeur de poussière et de pierre que j'avais appris à aimer. Je lui ai aussi parlé de nos deux fils disparus, je lui ai demandé de ne plus les quitter, je lui ai dit combien je l'avais aimé dès le moment où je l'avais vu, avec son père, descendre de la charrette, et toutes sortes de secrets qu'une femme de ma génération n'osait dire à son mari.

Je l'ai veillé cette nuit-là comme on veille un enfant malade, jusqu'au matin. Alors, seulement, je lui ai fermé les yeux, je l'ai habillé avec son costume de velours, j'ai noué autour de son cou sa petite cravate noire, je l'ai peigné en dessinant du mieux possible cette petite raie sur le côté que j'aimais tant, et je lui ai croisé les doigts sur la poitrine.

Ensuite, je me suis rendue chez Basile pour l'avertir, puis je suis revenue chez moi en attendant les visites. Elles n'ont pas tardé, car c'était l'usage, dans les campagnes, d'aller se recueillir devant les morts, avant leur dernier voyage. La nuit que j'avais passée près de Florentin m'empêchait ce matin-là de sentir la souffrance. Il était encore tellement présent, tellement lourd contre moi que je ne mesurais pas tout à fait la gravité de ce qui venait de se passer. J'ai commencé à souffrir vraiment quand j'ai vu des femmes pleurer en faisant le signe de la croix avec le buis bénit. Je me suis alors réfugiée dans la pensée de l'arrivée prochaine de Jean et de Françoise, prévenus par télégramme par Basile.

Jean est arrivé en début d'après-midi, Françoise le soir, tard. L'un et l'autre se sont montrés très courageux et ont pris soin de moi, comme si j'étais subitement devenue une petite fille à protéger. Je ne me rendais pas compte encore de ce que leur présence m'apportait d'essentiel, et de ce que j'allais devenir quand ils seraient repartis. Heureusement, sans quoi je n'aurais sans doute pas trouvé la force d'accueillir et de remercier tous ceux qui venaient rendre un dernier hommage à mon Florentin. Chacun avait une parole aimable, un mot de réconfort, et je sentais combien il était aimé de tous. C'est qu'il lui était arrivé souvent de ne pas faire payer les pierres qui manquaient pour achever une maison, quand ceux qui construisaient n'étaient pas riches. Je l'avais constaté plusieurs fois, même s'il s'en cachait, et je ne l'en avais aimé que davantage. Devant ces encouragements, ces témoignages d'amitié, je prononçais les mêmes mots qui racontaient les derniers instants de Florentin, et je finissais par ne plus les entendre.

Le matin de l'enterrement, avant la mise en bière, je lui ai écrit une lettre que j'ai glissée entre ses doigts. Je me souviens de tous les mots, bien qu'il y ait plus de trente ans, mais je ne les ai jamais dits à personne. Ils sont à moi. A nous. Et rien que d'y repenser aujourd'hui mes yeux se troublent, comme chaque fois, d'ailleurs, que je les récite dans ma tête. Mais les larmes qui perlent à ces moments-là sont de bonnes larmes, bien chaudes, de celles qui réchauffent au lieu de glacer le cœur.

Nous l'avons porté en terre un après-midi de grand soleil, à quatre heures, dans la paix lumineuse du causse qu'il aimait tant. Il n'y avait pas un nuage, pas un souffle de vent, et le bleu du ciel coulait sur les collines en grandes vagues tièdes qui roulaient jusqu'à l'horizon. Tous nos amis étaient réunis dans le petit cimetière entouré de quatre murs de lauzes. Il y en avait tellement que tous ne pouvaient pas rentrer, et j'étais contente de sentir leur présence qui témoignait de leur affection pour Florentin. Françoise et Jean m'encadraient, me tenant fermement le bras. Je me souviens d'avoir pensé à une seule chose, quand la terre a commencé à recouvrir le cercueil : « Il n'est pas seul ; il a rejoint nos deux fils morts avant lui, et il va me préparer une place près d'eux. » Pauvre consolation, sans doute, mais qui me permettait de rester debout. A la fin, comme c'était l'usage, nous avons attendu tous les trois : Jean, Françoise et moi, devant la porte du cimetière, pour recevoir les condoléances. Heureusement, cela n'existe plus aujourd'hui, car c'était une épreuve, même pour les plus courageux : il fallait écouter, remercier, embrasser, prononcer des mots qui n'avaient aucun sens, essayer d'être aimable, et tout cela sous la chaleur, après des nuits de veille.

Nous n'avons trouvé le repos qu'une fois revenus chez nous, dans cette maison où rôdait l'ombre de notre cher disparu, et nous nous sommes serrés l'un contre l'autre pour ne pas nous laisser aller. C'est à ce moment-là que Jean, qui venait d'être nommé à Foix, dans l'Ariège, m'a proposé de me prendre avec lui. Je pense qu'il avait dû en parler avec Françoise et qu'ils avaient décidé de ne pas me laisser seule. Mais je n'avais jamais envisagé de partir. J'ai donc refusé en m'efforçant de me montrer courageuse, pour qu'ils puissent s'en aller sans remords ni regrets. C'est ce qu'a fait Jean le lendemain, tandis que Françoise, elle, se refusait absolument à me laisser seule.

— Si tu ne veux pas aller chez Jean, viens donc chez moi, disait-elle.

Je lui ai expliqué qu'il m'était tout à fait impossible de quitter le causse et de changer de vie. J'avais besoin de ce soleil, de cette lumière, de ces murs, de mes brebis que je ne pouvais pas vendre. Comme elle ne se décidait pas pour autant, au bout de trois jours, je lui ai dit :

— Va, ma fille ! Si ça va trop mal, je te rejoindrai.

— C'est promis ?

— C'est promis.

Elle a fini par accepter, et je l'ai emmenée à la gare en essayant de la rassurer, de sourire, de parler d'avenir, alors que je ne vivais déjà plus que dans le souvenir. J'ai réussi à donner le change jusqu'au départ du train, mais après, seule sur ma charrette, j'ai senti combien la solitude était lourde à porter. Plus terrible encore a été la première soirée dans la maison vide. Si terrible, d'ailleurs, que je n'ai pu me résoudre à aller me coucher dans mon lit. J'ai pris une couverture et je suis allée dans la bergerie. Là, allongée dans la paille près de mes brebis, j'ai réussi enfin à trouver le sommeil qui me fuyait depuis plusieurs nuits.

Il m'a fallu plus de trois mois pour m'habituer à rester seule, le soir, dans ma maison. C'était plus facile la journée, car j'étais occupée et je rencontrais du monde, mais, dès que je rentrais, c'était un cauchemar. Heureusement, Jean revenait tous les samedis malgré la longueur du déplacement, et Françoise écrivait souvent. Ces trois mois, pourtant, ont été les plus douloureux de ma vie. Je me rendais sur la tombe des miens chaque matin et je leur disais tous ces mots que j'avais gardés en moi pendant la nuit. Ensuite, je les cherchais partout : dans la maison, dans la grange, sur la route, à la carrière où il me semblait parfois apercevoir la silhouette courbée sur les pierres de Florentin ou d'Eloi. Je me suis demandé si je n'étais pas en train de devenir folle et j'ai essayé de me raisonner, de réagir. J'ai tenté d'aller vers mes amies, mais, en leur présence, je me disais que je me devais tout entière à la mémoire des miens, que me tourner vers quelqu'un d'autre était les trahir, et je n'avais dès lors plus qu'une idée en tête : repartir, les retrouver en retrouvant ma solitude. Comment ai-je surmonté cette épreuve ? Sans doute par cet amour de la vie et par cette confiance qui me viennent naturellement du monde où je respire. Avec la réapparition du soleil, au printemps suivant, avec les parfums multiples du causse, ses couleurs, sa chaleur, quelque chose s'est réveillé au fond de moi, a recommencé à brûler. En avril, un matin, j'ai enfin rangé les vêtements de Florentin dans une malle que j'ai montée au grenier. J'avais retrouvé la force de ces fleurs qui poussent entre les pierres, je m'étais souvenue que la vie triomphe toujours de la mort, et que c'est d'abord à elle qu'il faut penser si l'on veut faire plaisir au Bon Dieu.

Dès que Jean et Françoise sont venus ensemble à

Couzou, je leur ai proposé de vendre la carrière et de se partager l'argent, ce qui les aiderait à s'installer. Quant à moi, une maison, un petit troupeau, un jardin, des volailles me suffisaient amplement pour vivre, pourvu que je garde la grèze au-dessus de la carrière où j'avais l'habitude d'emmener paître les brebis. Ils ont d'abord refusé, comme je m'y attendais, puis ils ont fini par accepter, quand ils ont compris que c'était de ma part une décision mûrement réfléchie. Avant l'été, c'était fait : je n'ai eu aucun mal à trouver un acquéreur qui m'en a donné un bon prix. J'ai eu l'impression, envers Françoise surtout, de lui donner enfin tout ce qu'elle méritait depuis longtemps.

A la fin de l'année 1956, j'ai connu la grande joie de voir mon fils m'amener enfin une fiancée. C'était une grande fille rieuse et vive, originaire de Foix, qui s'appelait Isabelle. Jean avait trente ans et je m'étais souvent demandé s'il songerait un jour à se marier. Quel bonheur il m'a donné ! Je me voyais déjà entourée d'enfants pendant les vacances, ces petits-enfants que j'avais tellement espérés pendant des mois, seule dans ma maison. Je n'allais pas être déçue, car le mariage ne devait pas tarder à suivre : dès le printemps, avec Françoise, nous avons pris le train pour Foix et nous avons logé dans l'appartement de Jean, au centre ville, là où il allait vivre avec sa femme après le mariage. Le lendemain, nous avons fait connaissance des beaux-parents de mon fils. C'étaient des gens très simples, qui cultivaient dans le voisinage de la ville une terre autrement plus riche que celle du causse. Je me sentais toute vacante et inutile dans leur grande maison d'où l'on apercevait les sommets blancs des Pyrénées, et je regrettais un peu que mon fils ne se marie pas à Couzou, chez nous, près d'Eloi et de Florentin. Mais il était d'usage, alors, que les mariages aient lieu au domicile de la mariée et je n'ai pas songé un instant à m'y opposer.

Pour un mariage, ce fut un beau mariage ! En voyant

Isabelle dans sa robe blanche, j'ai imaginé Françoise ainsi vêtue, et j'ai prié pour ne pas mourir avant de connaître un tel bonheur. Nous sommes allés en cortège à l'église et à la mairie où le curé comme le maire se sont montrés chaleureux, la famille d'Isabelle étant honorablement connue dans la région. Ensuite, nous avons été raccompagnés à la propriété par un petit orchestre, et nous avons mangé dans la cour de la ferme sur des grandes tables recouvertes de nappes en papier blanc. Après ce repas qui s'est achevé tard, la jeunesse s'est mise à danser et je suis restée assise à regarder tous ces garçons et ces filles avec un peu de nostalgie. Mais la vie est ainsi : on ne peut demeurer jeune que dans son cœur ; le corps, lui, obéit à des lois contre lesquelles nous ne pouvons rien. Il faut savoir s'en accommoder si l'on veut vivre dans la joie jusqu'à son dernier jour. C'est ce que j'ai essayé de faire, ce jour-là comme les suivants, malgré l'émotion qui m'étreignait chaque fois que j'entendais une musique de bal. Et cette musique m'a poursuivie tout le temps que nous sommes restées à Foix, ainsi que pendant notre retour, avec Françoise. Heureusement, au lieu de repartir tout de suite, elle a passé quelques jours avec moi et j'ai pu me réhabituer à la vie qui était désormais la mienne.

Un an après ce mariage, Françoise a obtenu son diplôme de docteur. Que j'ai été fière, moi, pauvre bergère née presque nue, d'avoir un fils ingénieur et une fille médecin ! Un tel bonheur me payait de toutes ces journées pendant lesquelles j'avais appris à vivre seule, d'autant plus que ma fille est venue passer quinze jours avec moi après les examens. Ainsi nous avons pu partager le plaisir de ce succès en songeant toutes les deux à ce jour où elle m'avait annoncé son désir de partir pour Paris, à cette séparation, sur le quai de la gare, que nous avions vécue si douloureusement.

De retour à Paris, Françoise a ouvert un cabinet dans le quartier de l'église de Pantin et a insisté pour que j'aille vivre avec elle. J'ai hésité, j'ai même failli accepter, mais au dernier moment je n'ai pas pu partir. Je ne pouvais décidément pas abandonner mes morts, ma maison, mes grèzes, mes brebis, sans renier tout ce qui avait été ma vie. J'ai eu raison ; je le sais aujourd'hui. Si j'étais partie à ce moment-là, je serais sans doute morte depuis longtemps.

Je suis donc restée fidèle à mon causse natal et je ne l'ai pas regretté, même lorsqu'il s'est montré rude et hostile, comme pendant le difficile hiver qui a suivi, durant lequel je n'ai pas pu sortir plusieurs jours d'affilée. Heureusement, pour me distraire, j'avais mon poste de T.S.F. et les livres que m'avait laissés Françoise. Mon Dieu, que j'ai lu cet hiver-là ! *Le Rouge et le Noir, la Chartreuse de Parme, Anna Karénine, le Père Goriot, les Misérables, Notre-Dame de Paris,* et que sais-je encore ? J'avais découvert que la lecture permet de vivre d'autres vies et donne aux jours qui passent la part de rêve qui leur manque.

Et les jours ont passé, précisément, jusqu'au printemps que tout le monde attendait impatiemment cette année-là. Si j'avais su ce qu'il allait m'apporter, je n'aurais sans doute pas été aussi pressée, mais on ne sait jamais rien de ce que nous réserve l'avenir.

Ce devait être au mois de mai ou au début de juin. Je rentrais le troupeau, à midi, comme chaque jour, pour laisser passer la plus grosse chaleur. Le facteur m'attendait devant la porte avec une lettre recommandée dont je devais signer l'accusé de réception. Je connaissais depuis longtemps ce facteur qui était un brave homme et s'appelait Henri. Il ne refusait jamais un petit verre et tenait volontiers compagnie aux personnes qu'il savait seules, en leur donnant les nouvelles qu'il glanait de ferme en ferme. Il n'était plus très jeune, mais il allait toujours sur les routes à bicyclette, par n'importe quel temps, pour remplir sa mission.

Je l'ai fait entrer comme je le faisais d'habitude, je lui ai servi un verre, et il m'a dit, sans doute par honnêteté, avant de me faire signer :

— Vous savez, Marie, ces enveloppes-là, je les connais : elles sont comme les araignées du matin, c'est du chagrin.

J'ai haussé les épaules en demandant :

— Qui voulez-vous qui me fasse des misères ?

— Oh ! pas les gens d'ici. On vous connaît trop. Mais vous savez, Marie, tout le monde n'est pas aussi honnête que vous.

Intriguée, j'ai signé l'accusé de réception et j'ai ouvert l'enveloppe. Pauvre de moi ! Il m'a semblé que le toit me tombait sur la tête. J'ai d'ailleurs dû lire une deuxième fois, tellement j'avais du mal à croire les mots qui dansaient devant mes yeux. Le procureur de la République m'écrivait à moi, pauvre bergère de village, pour m'annoncer que j'étais sous le coup d'une plainte pour exercice illégal de la médecine. Je suis restée un long moment silencieuse, regardant Henri sans le voir, me demandant si c'était bien à moi que cette lettre s'adressait.

— Ma pauvre Marie, m'a-t-il dit, je savais bien que ces enveloppes étaient mauvaises !

Puis il est parti, aussi malheureux que moi, mais avec, aussi, j'en suis sûre, la certitude d'avoir une part de responsabilité dans ce qui m'arrivait. Pauvre facteur ! Il aimait tellement son métier qu'il lui arrivait de retenir quelque temps les lettres de mauvais augure. C'était le cas de la mienne, qui était datée du mois précédent, et qu'il avait conservée pour ne pas me faire de peine.

Quand j'ai eu enfin retrouvé mes esprits, il était loin. Je me suis rendue chez Basile, qui vivait seul depuis la mort de sa femme, deux ans auparavant. Etant veuve moi aussi, j'évitais de m'y rendre pour ne pas faire parler les gens. Mais ce jour-là, j'avais besoin de me confier à quelqu'un. Basile, le pauvre, n'a pas compris mieux que moi ce que cela signifiait. Il m'a conseillé d'écrire le plus vite possible à Françoise, puisque cela concernait la médecine. J'ai donc écrit dans l'après-midi, et j'ai en même temps envoyé la lettre du procureur de la République.

Françoise est venue dès le samedi suivant et m'a paru inquiète. De Paris, elle s'était renseignée auprès du tribunal de Cahors, et ce qu'elle avait appris ne l'avait pas rassurée. Elle m'a expliqué que je n'avais pas le droit de soigner ceux qui venaient me voir, qu'il fallait pour cela un diplôme. Il y avait eu des plaintes de médecins à qui je faisais une concurrence déloyale sans le savoir. J'étais effondrée, malheureuse, et pour finir aussi inquiète qu'elle. Pourtant quelque chose en moi s'est révolté et je lui ai dit :

— Je n'ai jamais fait payer personne. Je n'ai fait que soulager des gens qui souffraient.

— Ça ne fait rien, maman, tu n'as pas le droit ; c'est la loi.

Le soir même, elle a ajouté avec un peu de désarroi :

— J'ai bien peur qu'il ne faille aller au tribunal.

Monter les marches d'un tribunal était considéré chez nous comme la suprême infamie, et je me sentais tout à fait incapable de supporter une telle épreuve. Les huit jours qui ont passé ont été terribles. J'avais honte, j'avais mal, le monde m'apparaissait tout à coup chargé des pires menaces ; je perdais confiance, moi qui pourtant n'en avais jamais manqué, même dans les pires moments de mon existence. Comment admettre d'être jugée, et peut-être punie, pour avoir seulement soulagé des gens qui souffraient ? C'était au-dessus de mes forces.

Heureusement, Françoise était là. Elle est allée voir tous les médecins de la région, perdant ainsi une semaine de son temps, pour essayer d'arranger ce qui ne pouvait être qu'un malentendu. Le dimanche suivant, avant de repartir, elle m'a dit qu'elle espérait que la plainte serait levée, même si elle n'avait pas réussi à savoir d'où elle provenait. Ses collègues lui avaient en tout cas assuré qu'ils n'étaient pour rien dans ce qui se passait.

Hélas ! Trois semaines plus tard elle était de retour en m'annonçant qu'il fallait prendre un avocat et chercher des témoins qui attesteraient que je ne m'étais jamais fait payer. C'était là une chose que j'étais incapable d'admettre.

— Il faut se défendre, maman, me disait-elle.

Je répondais, désespérée :

— Je n'ai pas à me défendre ; je n'ai fait que soigner ceux qui me l'ont demandé.

Elle n'a pas cherché à me faire changer d'avis car elle avait compris que c'était inutile. De Paris, elle s'est occupée seule de l'affaire avec un avocat de Cahors qui a lui-même recherché des témoins. Moi, de mon côté, au fur et à mesure que le temps a passé, j'ai un peu oublié la lettre maudite que j'avais reçue un matin.

Six mois plus tard, pourtant, ce que j'avais tant redouté est arrivé : une convocation me demandait de me rendre à Cahors pour le procès fixé au mercredi de la semaine suivante. Françoise, qui était au courant, est arrivée dès le lendemain, m'a assuré qu'elle s'était occupée de tout et qu'il n'y avait pas lieu de s'inquiéter. Jean est venu lui aussi le dimanche et, avec sa sœur, ils ont essayé de me réconforter. Heureusement, parce que sans eux je crois bien que je serais morte de honte et de chagrin. Malgré leur présence, pourtant, malgré leurs soins attentionnés, le mercredi dont j'avais tant peur est arrivé, et nous sommes partis de bonne heure pour Cahors, sur une route que l'hiver et la pluie rendaient méconnaissable.

A Cahors, il a fallu que mes enfants me soutiennent pour monter les marches d'un bâtiment gris d'où il me semblait que je ressortirais différente, à jamais salie, incapable d'affronter le regard de mes proches et de mes amis. De tout ce qui s'est passé ensuite, je ne me souviens pas exactement. J'étais comme dans une brume, j'entendais à peine ; seule une honte douloureuse vivait en moi. Des gens entraient, levaient la main, parlaient, me regardaient avec une insistance qui me transperçait. Je ne souhaite à personne de subir ce que j'ai subi ce triste jour d'hiver à Cahors. J'avais tellement peur que je finissais par me sentir coupable. Je n'avais qu'une seule idée en tête : retrouver le plus vite possible mes collines, mes genévriers, mes brebis, mes sonnailles. A la fin, le juge — dont je ne me souviens ni de la voix ni du visage — m'a demandé si je voulais ajouter quelque chose pour ma défense. Je me suis levée et j'ai dû dire quelques mots qui ressemblent sans doute à ceux-là :

— J'ai soigné parce que le Bon Dieu m'en a donné la possibilité. Je n'ai jamais demandé d'argent pour cela. Si on ne veut plus que je le fasse, je serai très malheureuse mais je ne le ferai plus. J'espère qu'Il me comprendra et qu'Il me pardonnera.

Ensuite, il s'est passé beaucoup de temps avant que je puisse sortir, mais je n'étais plus là. J'étais incapable d'entendre ou de sentir quoi que ce soit, excepté la présence de Françoise à mes côtés. Plus tard, dans la voiture, j'ai compris que je n'avais pas été condamnée. Françoise riait, tout le monde riait, et moi je pensais à ces marches que j'avais montées avec le rouge au front et l'envie de disparaître à tout jamais.

Voilà comment j'ai cessé de soigner ceux qui venaient me voir humblement, et souvent de très loin. Il m'a bien fallu un an pour l'accepter, un an pour retrouver la confiance et effacer la honte qui me semblait incrustée en moi. Et puis le temps qui sait si bien soigner lui aussi les blessures m'a guérie peu à peu. Aujourd'hui, quand je repense à tout ça, ce que je regrette le plus, c'est la chaleur du regard et de la main que me tendaient ceux qui franchissaient le seuil de ma maison.

A cette époque-là, on parlait beaucoup de la guerre d'Algérie. Deux ou trois familles, au village, avaient un fils là-bas, et je voyais les femmes attendre et espérer comme je l'avais fait, moi, si souvent depuis 1917, en de semblables circonstances. Connaissant leurs tourments, j'essayais de les aider, de les rassurer chaque fois que je les trouvais à la sortie de l'église, où elles étaient allées prier. Mais je ne pouvais pas grand-chose pour elles, ni elles pour leurs fils, car ce sont les hommes qui déclarent les guerres. Peut-être un jour viendra où les femmes seront plus nombreuses à gouverner les pays, et alors seulement les choses changeront. Car il faut avoir porté un enfant pour connaître le vrai prix de la vie, son mystère et sa force.

En 1958, le général de Gaulle est revenu au pouvoir et il m'a semblé, chaque soir, que Florentin allait rentrer, après avoir écouté les nouvelles à la radio de Londres. Mais Florentin n'était plus là et je demeurais seule, suspendue à mon poste de T.S.F., espérant comme autrefois que la guerre allait bientôt finir. Il m'a fallu attendre encore un peu, mais cette année 1958 ne s'est pas terminée sans bonheur : en octobre, sans même me prévenir, Françoise est arrivée un dimanche avec un homme un peu plus âgé qu'elle, qui s'appelait Philippe D... et qui, comme elle, était médecin. Elle venait tout bonnement me demander la permission de se marier dans notre maison, dans son village, à Noël. Vous pensez si j'étais heureuse et si je la lui ai donnée, cette permission dont elle n'avait d'ailleurs nul besoin !

Pendant les trois mois qui ont suivi, je me suis efforcée d'arranger au mieux notre pauvre maison, sachant que la famille de son fiancé était bien plus aisée que la nôtre. Françoise, dans ses lettres, m'assurait que tout cela n'avait aucune importance, que c'étaient des gens très simples malgré leur fortune, mais je me faisais du souci. J'avais tort. J'ai gardé de ce mariage, ce Noël-là, le souvenir d'une fête de famille fervente et chaleureuse, tout à fait à l'image de ma fille qui ne m'a jamais donné que des satisfactions.

10

Au printemps de l'année 1959, j'ai enfin été grand-mère pour la première fois. Il était temps : j'avais cinquante-huit ans et Jean trente-trois. Ma joie n'en a été que plus grande, car cet enfant, que j'espérais depuis si longtemps, il m'avait promis de le faire baptiser à Couzou. Ils sont venus me le montrer dès qu'Isabelle a été sur pied, et j'avoue que je ne m'attendais pas à tomber dans une telle adoration pour ce petit qu'ils avaient décidé d'appeler Florent. Qu'il était beau, cet enfant ! Et ses yeux noirs, donc ! Il ressemblait tellement à mon mari que j'ai eu l'impression de le revoir à seize ans. Aussi, quand je l'ai pris dans mes bras, j'ai compris que mon seul bonheur des jours à venir était là, près de cette peau chaude, ce parfum de rose, et que le Bon Dieu me rendait enfin ce qu'il m'avait pris lors de la mort d'Eloi et de Florentin.

A l'automne, à l'occasion du baptême, les parents d'Isabelle sont venus sur le causse pour la première fois. J'ai voulu que ce baptême ressemble à ceux d'autrefois, avec des dragées données aux enfants sous le porche de l'église et un grand repas dans la cour de la maison, où étaient invités les parents et les amis. Cela m'a donné beaucoup de peine, mais je ne l'ai pas regretté. Quelle fête ! Tout le monde était tellement gai que nous avons dansé sur la musique du poste pendant l'après-midi. Même moi, qui n'avais pas tourné la moindre valse depuis la mort de Florentin. Et j'en étais tellement heureuse, tellement étourdie, que j'ai eu une sorte de malaise, vite dissipé cependant par un petit verre de ratafia.

Quand tous les invités sont repartis, je n'ai pas cessé de penser à mon petit-fils et à ses yeux. Je le voyais partout, sur le coteau, dans la maison, et surtout la nuit dans l'obscurité. Je n'ai, dès lors, plus pensé qu'à une chose : qu'il grandisse vite pour que je puisse le prendre pendant les vacances et l'avoir tout à moi, rien qu'à moi, comme au temps où je ne vivais que par mes propres enfants. Qu'elle m'a paru loin, alors, ma jeunesse ! Je ne me sentais pas vieille en dedans de moi, mais je savais qu'il n'y a rien qui nous fasse plus vite vieillir que les enfants, pas même le chagrin, pas même la fatigue, car on les voit grandir tous les jours. Et si je n'ai jamais eu peur de vieillir, j'ai toujours appréhendé le moment où mes forces déclineraient et m'empêcheraient de m'occuper à ma guise de mes petits. Je ne savais pas, à cette époque-là, que c'étaient eux qui s'occuperaient de moi, et avec autant d'affection. La vie... La vie... Elle s'ingénie toujours à nous prendre à ses pièges, et il n'y a rien d'autre à faire que de s'en accommoder.

L'hiver qui a suivi ce baptême, en décembre, j'ai reçu de Françoise un télégramme qui a démoli tout l'édifice d'optimisme et de joie que j'avais rebâti pierre à pierre : son mari s'était tué en voiture sur une route du nord. J'ai aussitôt pris le train, avec Jean, pour Paris où je n'étais jamais allée, prête à rester aux côtés de ma fille le temps qu'il faudrait. Nous sommes arrivés à la tombée de la nuit. C'était encore plus impressionnant que je ne l'avais imaginé : ces boulevards encombrés de voitures, ces immeubles géants, ces tours, ces lumières au néon, ce bruit qui semblait ne devoir jamais cesser, m'ont tout de suite fait comprendre que je ne m'y habituerais pas. Françoise, qui n'avait pu venir à la gare, avait expliqué à Jean par téléphone le chemin à suivre. Pauvre de moi ! Quand il m'a fallu descendre dans un souterrain pour prendre le métro, j'ai cru que « le cœur allait me manquer ». Et tous ces gens autour de moi, leurs visages aux yeux éteints, leur façon de se regarder sans se voir, de se fermer comme des huîtres au moindre sourire ! Comme je me sentais mal ! Je suis enfin remontée à l'air libre au bout d'une demi-heure, mais il nous a fallu encore une heure avant de trouver la bonne adresse. Françoise habitait un appartement dans un grand immeuble, à trois cents mètres de l'église de Pantin, un peu en retrait de la longue avenue où se croisaient des files ininterrompues de voitures et de camions, dans un vacarme que le double vitrage de ses fenêtres atténuait à peine.

Comme elle avait changé en quelques heures, ma fille ! Elle avait dû pleurer toutes les larmes de son corps, seule, sans le montrer, et j'ai senti en l'embrassant combien elle avait besoin de moi. Je suis restée près d'elle, assise au bord de son lit, toute la nuit. De temps en temps, elle s'éveillait en sursaut et je la caressais comme je le faisais quand elle était enfant, après un cauchemar. J'étais moi-même oppressée de vivre si haut, d'apercevoir tout en bas les lumières des voitures et des réverbères, de ne pouvoir ouvrir la fenêtre et respirer l'air de mes collines. Au milieu de la nuit, elle s'est brusquement assise dans son lit et m'a avoué qu'elle était enceinte.

— J'ai beaucoup hésité à te le dire, a-t-elle ajouté, parce que tu dois déjà être très inquiète pour moi. Mais il faut que j'en parle, tu comprends ? Et je veux le garder, cet enfant, même s'il n'a pas de père.

J'ai compris qu'elle avait besoin d'être encouragée dans sa résolution, car elle était trop faible pour porter un tel poids. Je lui ai pris les mains et j'ai répondu :

— Si tu veux bien, ma fille, nous le garderons toutes les deux.

Elle a souri, s'est recouchée, et s'est rendormie. Moi,

j'ai fini par m'assoupir dans le fauteuil, sans lui lâcher la main.

Le lendemain, nous avons dû régler les dernières formalités avant l'enterrement. Heureusement, le père et la mère de Philippe s'étaient déjà occupés de l'essentiel. Nous avons passé ensemble une journée bien triste à recevoir les parents et les amis qui posaient tous les mêmes questions. C'était le plus souvent la mère de Philippe qui répondait ; je voyais bien que c'était une femme forte et courageuse, quand elle expliquait, sans un sanglot dans la voix, qu'un poids lourd avait manqué un virage et avait écrasé la voiture de son fils. Pourtant elle souffrait autant que son mari ou que Françoise. Quant à moi, je restais silencieuse, car j'étais un peu impressionnée par l'élégance des gens qui entraient et sortaient. J'allais le plus souvent possible à la cuisine où Françoise me rejoignait, parfois, pour se serrer contre moi. Quelle journée, mon Dieu ! Jean est reparti de bonne heure à l'hôtel, et nous nous sommes retrouvées seules avec les parents de Philippe. Nous l'avons veillé à tour de rôle pendant cette dernière nuit, Françoise et moi, jusqu'à trois heures du matin. Ensuite, nous sommes allées nous coucher, mais ni elle ni moi n'avons pu trouver le sommeil.

Le lendemain, nous avons enterré son mari dans un petit cimetière aux murs gris, entouré d'immeubles menaçants. Il pleuvait. Je ne connaissais personne parmi ces gens qui suivaient le cortège et venaient s'incliner sur la tombe. J'avais froid. Françoise, soutenue par Jean d'un côté et moi de l'autre, tremblait. Pourtant, pas une larme ne coulait sur ses joues. Par moments, elle pesait davantage contre moi, puis elle se reprenait et se redressait. Heureusement, il n'y a pas eu de condoléances à la sortie du cimetière. Les gens, pressés, sont tous repartis après s'être inclinés devant la sépulture, et nous sommes rentrés à l'appartement où nous avons pu enfin nous réchauffer.

Voilà, c'était fini. Ma fille n'avait été mariée que quelques mois et se retrouvait seule. Quand je lui ai proposé de rester quelques jours, elle a accepté aussitôt. Je crois qu'elle n'aurait pas osé me le demander, et pourtant elle en avait tellement besoin ! Jean est donc reparti seul, précédant de peu les parents de Philippe. Il était convenu qu'il devait s'arrêter à Couzou afin de demander à Basile de s'occuper des brebis le temps que je revienne.

Le surlendemain de l'enterrement, Françoise a repris son travail et je me suis occupée du ménage de l'appartement et de la cuisine. Nous étions ensemble à midi et le soir, mais je sentais que ces quelques heures de présence lui étaient indispensables. J'allais faire les courses chez les commerçants de la grande avenue, évitant de trop m'éloigner pour ne pas me perdre. Je me dépêchais de rentrer, car je ne m'habituais pas au vacarme de la rue, aux visages sans sourire, aux grands immeubles gris qui me privaient de tout horizon et me donnaient l'impression de vivre prisonnière. Le ciel bleu du causse, l'odeur familière des brebis, de ma maison, de mon feu de bois me manquaient. Françoise s'en est évidemment vite rendu compte. Au bout de dix jours elle m'a dit un soir, avant de se coucher :

— Tu languis, n'est-ce pas ?

Comment le lui cacher ? Je m'en voulais, mais en même temps je sentais qu'il fallait que je reparte. Alors elle m'a dit qu'elle allait beaucoup mieux, qu'elle se sentait maintenant la force de rester seule. Quand je lui ai promis de revenir pour la naissance de son enfant, elle a souri, un peu comme si elle n'y croyait pas. Le lendemain soir, elle m'a emmenée à la gare d'Austerlitz, m'a remerciée et m'a promis de venir le plus souvent possible.

De retour à Couzou, le remords n'a cessé de me torturer. Je n'arrêtais pas de penser à elle, si seule là-bas, sans doute épuisée par son travail et par sa grossesse, et j'avais honte de ne pas être capable de l'aider. Comme j'étais malheureuse alors, malgré le printemps qui allumait sur les collines les couleurs de la vie ! Je guettais le facteur chaque matin, j'écrivais à Françoise tous les jours, en lui renouvelant ma promesse de la rejoindre dès qu'elle en aurait besoin.

L'été a fini par arriver, après un mois de juin plus frais qu'à l'ordinaire. Françoise est venue début juillet en me disant que c'était la dernière fois avant son accouchement. A partir de ce moment-là, je n'ai cessé d'attendre le télégramme qui m'annoncerait la naissance de mon deuxième petit-enfant Cela s'est passé à la mi-août : Françoise a donné le jour à un garçon qu'elle a décidé d'appeler comme son mari : Philippe. J'ai repris le train aussitôt, et j'ai retrouvé l'appartement, l'avenue, et ces gens qui me semblaient faire partie d'un autre monde. Pourtant, je m'y suis habituée beaucoup mieux que la première fois, sans doute en raison du soleil et des circonstances plus heureuses qui m'avaient amenée là. Je suis restée quinze jours à Paris, le temps que Françoise se remette, puis elle est venue avec son fils passer une semaine à Couzou avant de reprendre son travail. Je l'ai suppliée de me le laisser, mais elle le trouvait trop petit pour se séparer de lui. Elle allait plutôt le confier à une nourrice : ainsi, au moins, le retrouverait-elle chaque soir. J'avais tellement espéré pouvoir garder ce petit avec moi que j'étais très déçue. Mais comment aurais-je pu en vouloir à Françoise ? Je savais qu'un enfant en bas âge a toujours besoin de sa mère et qu'une séparation trop précoce peut avoir de graves répercussions sur sa santé Elle m'a tout de même promis de me le confier dès qu'il pourrait aller à l'école, et cette promesse a été pour moi beaucoup plus précieuse que n'importe quel cadeau. Je l'ai donc laissée repartir dans sa voiture — elle avait passé le permis avant la mort de son mari — et je me suis retrouvée seule de nouveau, impatiente de voir grandir mes petits-enfants dont les rires, bientôt, éclaireraient ma vie.

Au printemps suivant, un dimanche, j'ai emmené le troupeau dans une grèze où je n'avais pas l'habitude d'aller, et qui se trouvait à l'extrémité des communaux. Je savais que le plateau, à cet endroit, était dangereux, car il était entouré de ravines profondes. De cette grèze, pourtant, on avait une vue magnifique sur la carrière où je n'étais pas revenue depuis longtemps. C'était le milieu de l'après-midi. Je suis restée un long moment assise à écouter les coups de massette sur les pierres, à regarder la carrière blonde et la maison de Fausto, à me rappeler le temps où Florentin travaillait à l'ombre, séparée du plateau par des vagues de chaleur tremblante, dans cette luminosité si particulière au causse de chez nous. Dans les derniers jours du mois de mars passait déjà le souffle de l'été. Je ne m'apercevais pas que le soir tombait, tellement j'étais perdue dans mes rêves, mon plaisir à revivre les années de ma jeunesse. L'une des brebis — celle qui avait deux petites taches noires au-dessus de l'œil droit — est venue vers moi en bêlant d'une manière si étrange que j'ai compris qu'il s'était passé quelque chose d'anormal. Le troupeau se trouvait un peu en contrebas. Je me suis levée pour compter les agneaux : il en manquait un. Ce ne pouvait être que celui de la pauvre bête, qui m'entraînait d'un pas pressé vers le ravin situé du côté le plus élevé du plateau. Passé les taillis de chênes nains et de genévriers, il fallait faire très attention de ne pas glisser sur la pente. Je n'ai pas eu besoin de chercher longtemps : une petite voix chevrotante, venant d'en bas du ravin, m'a alertée tout de suite. En me penchant un peu, j'ai aperçu dans la rocaille le petit agneau imprudent : il était couché sur le côté et devait avoir une patte cassée. Je me suis alors demandé si je devais descendre ou s'il valait mieux aller chercher de l'aide. Mais l'agneau semblait tellement souffrir, et la mère bêlait derrière moi avec un tel désespoir que je me suis décidée à descendre.

Les pierres roulaient sous mes pieds et j'étais obligée

de m'accrocher aux arbustes et aux rochers pour ne pas être emportée par le poids de mon corps. De temps en temps, je glissais quand même, et je devais enfoncer les pieds et les mains dans les pierres, afin de ralentir ma chute. J'ai cependant pu atteindre le fond du ravin sans trop de mal, après trois ou quatre minutes d'effort. L'agneau avait les deux pattes de devant cassées. Ses yeux ne me quittaient pas. Je l'ai pris dans mes bras et j'ai essayé de remonter sans me rendre compte que je multipliais les risques par deux. Les mains prises, ce n'était pas facile. J'ai pourtant réussi à monter de quelques mètres, bien collée à la pente, appuyée sur mon épaule droite. J'apercevais là-haut les têtes des brebis qui bêlaient et celle de mon chien qui aboyait. Le pauvre agneau, lui, tremblait dans mes bras de peur et de souffrance. Plus je montais, et plus les pierres glissaient sous mes pieds. Parvenue à la moitié de la pente, j'ai voulu souffler un instant. J'ai posé mes deux pieds à la même hauteur, et les pierres se sont soudain dérobées sous moi. Je suis partie en arrière sans vouloir lâcher l'agneau, et je n'ai évidemment pas pu me rattraper aux arbustes ni freiner ma chute. Je ne l'ai lâchée qu'en bas, la pauvre bête, quand j'ai compris que je devais aussi penser à moi. Mais il était bien tard : j'avais heurté des rochers dans ma chute, et la douleur qui irradiait dans mon bras droit et ma jambe droite m'avertissait de blessures dont je ne soupçonnais pas encore la gravité. Il ne m'a pas fallu longtemps pour comprendre : dès que j'ai voulu me redresser en prenant appui sur ma jambe, j'ai poussé un cri. Elle était fracturée, sans aucun doute, de même que ce bras qui pendait sur mon côté droit et que j'étais tout à fait incapable de replier. L'agneau, lui, gisait à deux mètres de moi et devait être mort, peut-être de douleur.

Tant que je n'ai pas été seule, je n'ai pas eu très peur. Les bêtes que j'apercevais là-haut, bêlant et aboyant, ne me donnaient pas une idée exacte de la situation. Je me suis allongée sur le dos et j'ai crié au chien d'aller chercher Basile. Mais il n'a pas voulu s'éloigner, et, au contraire, à force d'aboyer, il a fait fuir les brebis. Puis il s'est couché en gémissant, ne pouvant se résoudre à m'abandonner. Je lui criais à intervalles réguliers :

— Fédou ! Va chercher Basile ! Va, mon chien !

Il se levait, gémissait, aboyait, mais restait à la même place. La nuit tombait, pourtant, car les jours sont courts en avril. J'avais si mal que j'osais à peine respirer. Bientôt il a fait noir tout à fait, et le froid est tombé sur moi d'un coup, me donnant des frissons qui réveillaient la douleur un moment endormie. Je n'entendais plus ni ne voyais mon chien qui avait dû partir dès l'instant où la nuit nous avait séparés. J'ai essayé de faire le vide en moi et de dormir, pour ne pas perdre trop de forces en attendant les secours. La douleur, de plus en plus forte malgré mon immobilité, m'en a empêchée. Que cette nuit m'a paru longue, mon Dieu ! Je priais, par moments j'essayais même d'appeler, mais c'est à peine si j'entendais ma voix. Peu à peu, à mesure que les heures passaient, le froid gagnait chaque pouce de mon corps et je perdais la notion du temps. J'ai fini par m'évanouir vers le matin, avec en moi la vague pensée que j'allais peut-être mourir.

Je suis revenue à moi dans ma maison, le lendemain, au début de la matinée. Basile était penché sur moi et me disait en souriant :

— Eh bé ! Vous nous avez fait une brave peur !

Puis j'ai aperçu le médecin — non pas mon vieil ami, mais son successeur : un jeune homme d'une trentaine d'années qui fumait la pipe. Il rangeait la seringue dont il venait de se servir et hochait la tête en me regardant, comme si j'arrivais tout droit d'un autre monde.

— Ne bougez surtout pas, m'a-t-il dit, je vous ai posé des attelles.

Et il a ajouté, en bouclant sa sacoche :

— On peut dire que vous avez le cœur solide. Ça va s'arranger, vous allez voir ; je vous fais conduire à l'hôpital de Cahors.

En attendant la voiture qui devait m'emmener, Basile m'a raconté comment il avait trouvé mes brebis sur la route, à l'aube, et mon chien devant ma porte close. La pauvre bête l'avait mené tout droit jusqu'au ravin au fond duquel j'étais couchée depuis la veille au soir. Il avait fait prévenir le médecin, emmené avec lui des hommes avec des cordes et réussi enfin à me transporter chez moi. Je me sentais très faible. Les voix de Basile et du médecin me parvenaient de très loin, à travers une sorte de brouillard glacé.

— J'ai envoyé un télégramme à votre fils, a dit encore Basile. Il sera à Cahors en même temps que vous.

Puis il est sorti au bruit d'un moteur.

Dix minutes plus tard, je partais enfin à l'hôpital dans la voiture du maire, car les ambulances étaient encore rares dans les campagnes. Comme elle m'a paru longue, cette route dont les cahots avivaient sans cesse ma douleur malgré les attelles ! Je n'avais qu'une idée en tête, c'était d'arriver le plus vite possible pour m'allonger dans un lit et ne plus bouger.

Nous avons mis plus de deux heures pour atteindre Cahors, car le chauffeur roulait doucement afin d'éviter de me faire souffrir. A l'hôpital, on m'a tout de suite passée à la radio, après m'avoir toutefois fait une piqûre pour me soulager. Quand je suis remontée de la salle d'examen, Jean m'attendait. Il avait été muté de Foix à Toulouse, et la route était devenue moins longue pour revenir en Quercy. J'ai à peine eu le temps de l'embrasser qu'on m'a emmenée dans la salle d'opération où l'on m'a opérée de trois fractures avec déplacement : l'une au fémur, l'autre au tibia, la dernière au radius. Je n'ai pas eu peur. Je me souviens d'être entrée dans l'inconscience comme dans une eau tiède, peut-être même avec un certain plaisir.

Plus tard, beaucoup plus tard, il y a eu la douleur. Ce n'était pas la première fois que je la rencontrais, puisque mes accouchements ne s'étaient pas très bien passés, mais je ne savais pas qu'il n'y a rien qui s'oublie aussi facilement. Pourtant, quand elle est là, quand elle vous ronge et ne vous lâche pas, on a l'impression d'avoir toujours vécu avec elle. C'est ce qui m'arrivait, dans ce lit où j'étais immobilisée par le plâtre, et d'où il me semblait que je ne pourrais plus me lever.

Françoise, accourue à mon secours, m'a expliqué que la douleur venait de la broche posée dans mon fémur et ne m'a pas caché la vérité : il se passerait du temps avant que je puisse remarcher convenablement. Elle est restée deux jours, m'a rassurée de son mieux, m'a dorlotée comme si j'étais sa fille, puis elle est repartie, son travail ne pouvant attendre davantage. Je suis donc restée seule pendant plus d'un mois, Jean et sa femme ne venant que le dimanche. J'en ai vu, des misères et des malheureux pendant ces longues journées ! J'en ai entendu crier, des pauvres bougres, près de moi, face à moi, de l'autre côté de l'allée, et chacun de ces cris m'a fait prendre conscience que je n'étais pas la plus à plaindre. Pour ceux qui étaient à mes côtés, je me suis efforcée de leur parler, de les raisonner, de les occuper afin de leur faire oublier leur mal. Toutes les infirmières qui s'occupaient de moi me faisaient penser à Françoise, à la vie qu'elle avait menée pendant des années, et je me rendais compte combien elle avait été courageuse. Aussi, je m'efforçais de les aider tant que je pouvais, et je les remerciais à la place de ceux qui les rudoyaient. Les plus à plaindre étaient d'ailleurs les jeunes aides-soignantes qui étaient vouées aux tâches les plus basses, les plus humiliantes. Et quand je pensais que Françoise les avait accomplies dès le jour où elle avait quitté la maison, je ne pouvais m'empêcher de lui envier cette force qui lui avait permis de triompher des difficultés sans jamais se plaindre.

A la fin de mon séjour, toutes ces femmes étaient devenues pour moi des amies. Je ne vous ai pas oubliées, Camille, Lisiane, Lydie, Madeleine et autres dont le nom s'est effacé mais dont le visage reste intact devant mes yeux. Vous avez veillé sur moi pendant ces longs jours avec le même dévouement que si j'avais été votre mère, et vous m'avez donné ce que vous aviez de meilleur sans rien exiger en retour. J'ai compris alors ce que ressentaient tous ceux que je soignais, moi qui ne leur étais rien, et pourquoi ils tenaient tous tellement à me remercier.

J'ai retrouvé ma maison, mes brebis, mon causse lumineux un mois plus tard, mais sans pouvoir marcher. Jamais je ne les avais quittés si longtemps. Je suis restée un long moment avec mes bêtes qui venaient me lécher les mains, mordiller mon tablier, manifester leur joie de m'avoir retrouvée. Il m'a fallu attendre encore avant d'être déplâtrée, mais, ce jour-là, dans les dix minutes qui ont suivi le départ du docteur, j'étais sur la route avec les brebis. C'est en boitant que j'ai parcouru mes grèzes et mes chemins familiers, mais je n'en avais cure ! J'étais de nouveau libre, au grand air, sur mes collines que le mois de mai illuminait, et je comptais bien en profiter. Je sais depuis cette époque-là que l'on mesure toujours mieux la chance que l'on a d'être en bonne santé, quand on a été privé de quelques-unes de ses facultés pendant de longues semaines. C'était comme si je recommençais à vivre et je ne me suis privée d'aucun de ces menus plaisirs auxquels j'étais habituée : j'ai dormi plusieurs nuits dans la grange avec mes brebis, je suis restée de longues heures allongée sur les pierres chaudes, et le soir dans l'herbe, face au ciel, la tête dans les étoiles, écoutant le coucou dans les combes ou le petit cri des chevêches dans les bois de chênes. Pas de quoi trépigner de bonheur, diront ceux qui n'aiment pas la campagne, mais l'essentiel est de vivre selon ses goûts et ses moyens. Quoi qu'il en soit, ma jambe et mon bras ont retrouvé peu à peu toute leur souplesse et j'ai oublié l'accident qui aurait pu avoir des conséquences plus graves encore.

A l'automne, une nouvelle joie m'attendait : Isabelle, la femme de Jean, donnait naissance à Estelle, une petite boule aux cheveux noirs qui souriait en dormant. Et ce n'était pas fini : en 1963 nous arrivait Elodie, et en 1964 Thierry. Ainsi, mon fils et ma belle-fille m'avaient fait quatre petits-enfants ! Je n'en avais jamais espéré tant, et cependant une plus grande joie m'attendait encore en septembre : Françoise avait décidé de me confier son fils, jugeant qu'il valait mieux le donner à sa grand-mère qu'à une étrangère qui ne saurait pas l'aimer comme un enfant en ressent le besoin à quatre ans. Moi, j'avais soixante-trois ans et, pour mériter un tel cadeau, j'aurais bien parcouru cent kilomètres à genoux. D'ailleurs, même si mes anciennes fractures me faisaient souffrir à chaque changement de temps, je me sentais bien assez forte pour m'occuper jour et nuit du petit Philippe. Aussi, quand Françoise me l'a amené à la fin de septembre, j'ai eu l'impression que ma vie s'illuminait.

— Tu comprends, m'a-t-elle dit avant de repartir, je voudrais qu'il connaisse tout ce que j'ai connu. C'était si bon que, même si les choses ont changé, il en tirera toujours quelque profit.

Voilà ! J'avais de nouveau un petit homme à la maison, une chaude présence, une vie sur laquelle je devais veiller comme j'avais veillé sur mes enfants au temps de ma jeunesse. Et de nouveau j'avais trente ans, de nouveau je guettais le moindre gémissement la nuit, de nouveau je consolais, je caressais, je m'inquiétais au moindre appel venu du dehors. Le matin, pendant qu'il buvait son chocolat, je croyais revoir les yeux noirs de sa mère, ses longs cils, sont front haut, son nez fin et droit et cette manière qu'elle avait de se tenir bien droite, même assise, avec une sorte d'orgueil qui n'était que de la force cachée.

Quand il avait fini de déjeuner, je l'emmenais à l'école qui se trouvait de l'autre côté du bourg, et c'était l'occasion de rencontres et d'exclamations devant cet « enfant qui ressemblait tant à Françoise ». Ainsi, je retrouvais des habitudes anciennes, je renouais des contacts un peu distendus, j'avais parfois l'impression de marcher sur le chemin de ma propre école, à Fontanes-du-Causse. J'allais rechercher Philippe à midi et le ramenais à la maison pour manger. Il parlait déjà très bien et m'appelait « Mémée Brebis », comme ses cousins de Toulouse. Ainsi, après avoir été Marie des brebis, j'étais devenue Mémée Brebis, ce qui ne me changeait guère et me plaisait beaucoup. L'après-midi, je passais le prendre à l'école à cinq heures, avec le troupeau, et je l'emmenais avec moi sur les grèzes. Là, je lui donnais son goûter et je le questionnais sur sa journée, tandis que nous étions assis tous les deux à l'ombre d'un chêne ou d'un genévrier. Même si sa maman lui manquait, parfois, je le sentais heureux de vivre en toute liberté, parmi les plantes et les bêtes dont je lui apprenais les secrets. Je lui ai même appris à téter les brebis, à cet enfant, c'est dire ! Mais je n'avais pas besoin de lui montrer deux fois la même chose, car il connaissait tout d'instinct, et sans doute — j'avais plaisir à le penser — parce qu'il était simplement mon petit-fils.

Le jeudi et le dimanche, je l'avais tout à moi et j'en profitais : je prenais la charrette et j'allais le promener à Gramat, à Rocamadour, dans les fêtes ou les foires qui commençaient pourtant à perdre de leur éclat. Une fois, même, nous sommes allés jusqu'à Fontanes, mais jamais au Mas del Pech. Je ne le pouvais pas. Je n'y étais jamais revenue depuis que j'en étais partie avec Florentin : il y avait là-bas trop de trésors enfouis.

Quelquefois, je l'emmenais aussi dans le petit cimetière où reposaient Eloi et Florentin. Je lui parlais d'eux, de la vie que nous avions menée ensemble, quand Françoise était petite. Alors il m'écoutait bouche bée, sans aucune peur, content sans doute de retrouver sa maman au même âge que lui. Il lui arrivait même de me demander de l'y conduire quand nous ne savions où aller, et je crois que Florentin et Eloi étaient vraiment entrés dans son petit monde. De temps en temps, il me posait des questions sur son père qu'il n'avait pas connu. Cela se passait surtout la nuit, quand il était réveillé par un cauchemar. Alors je le prenais avec moi dans mon lit et, malgré l'interdiction formelle de Françoise, je le gardais jusqu'au matin.

Ce qu'il n'aimait pas, c'était de m'entendre parler patois avec Basile ou ceux que je rencontrais sur la route, car il ne comprenait pas.

— Mémée ! disait-il.

— *Moun pitiou !*

— Parle français, s'il te plaît.

Je l'écoutais, bien sûr, mais, au fur et à mesure que je parlais, je retrouvais naturellement le patois si je n'y prenais garde. Alors il me tirait par la main, afin que cesse la conversation qui l'ennuyait tant.

Aux vacances, ce n'était pas un petit que je gardais, mais deux : Florent rejoignait Philippe et apportait encore plus de vie et de gaieté dans la maison. Heureusement, ils s'entendaient bien. Je les laissais jouer dehors, donner aux poules, couper de l'herbe pour les lapins, s'occuper des brebis, et c'étaient Eloi et Jean qui ressuscitaient devant mes yeux, le temps qui s'effaçait, soudain, comme s'effacent parfois les sentiers sur le causse.

En 1966, pour Noël, nous nous sommes tous retrouvés réunis à Couzou : Jean, sa femme et leurs enfants ; Françoise, Philippe et moi. Nous avons emmené les petits à la messe de minuit, à pied, comme autrefois. C'était l'une des dernières messes avant que le curé s'en aille, mais nous ne le savions pas et nous étions heureux. Nous sommes rentrés en chantant sous les étoiles et nous avons réveillonné autour de la grande table où se dessinaient par moments les visages de ceux qui avaient si souvent pris leurs repas ici. Une fois les enfants couchés, nous avons déposé les jouets devant la cheminée, et il y en avait tant que je ne pouvais m'empêcher de penser aux petites charrettes bricolées par Florentin pour le Noël de nos enfants. Le lendemain, au réveil, quelle fête ! Et comment oublierais-je les yeux émerveillés de tous ces petits qui couraient d'un paquet à l'autre, déchiraient les papiers d'impatience, criaient, riaient, nous embrassaient, comme s'ils avaient reconnu en nous ce Père Noël qui les avait tant gâtés.

Et puis les jours ont continué de couler dans la douceur et la mélancolie. A force de couler, de s'ajouter les uns aux autres, ils ont formé des mois, puis des années. Je vieillissais sans m'en rendre compte, sinon par les douleurs qui m'assaillaient lors de chaque changement de temps. Jamais la moindre grippe, la moindre angine, pas de chauffage central, non plus, mais les fenêtres ouvertes toutes les nuits jusqu'à la fin de l'automne. Philippe grandissait près de moi et s'accommodait fort bien de cette vie qui lui donnait une santé de fer. Je l'élevais comme j'avais élevé mes propres fils, sans chauffage dans les chambres, sinon celui du cantou dont la chaleur gagnait les pièces par les portes ouvertes ; avec deux briques brûlantes entre les draps, l'hiver, l'une aux pieds, l'autre aux reins. Le matin, toilette à l'eau froide, et, tous les dimanches, un bain dans la lessiveuse où je faisais couler un seul chaudron d'eau chaude. Quant à la nourriture, on mangeait de tout et à suffisance, même si mon petit-fils faisait ses délices d'énormes croûtons de pain frottés à l'ail qui lui brûlaient les lèvres, mais le faisaient rire aux éclats. Souvent je le retrouvais dans la paille de la bergerie, endormi comme un ange, et je regrettais que sa mère ne puisse le voir ainsi : elle aurait été complètement rassurée sur son sort au lieu de se reprocher son absence et, sûrement, d'en souffrir.

Un peu plus tard sont arrivés ce qu'on a appelé les « événements de mai 1968 ». Moi qui n'avais souvent vécu que de pain, d'eau et de fromage, je n'ai pas très bien compris, au début, cette colère de la jeunesse. Et je n'étais pas la seule, sur le causse, où la plupart des gens « faisaient des sacrifices » pour payer des études à leurs enfants. Ces cheveux longs, ces vêtements sales, ces pieds nus ne me disaient rien qui vaille. J'avais toujours cru que c'était une chance de pouvoir soigner son corps, posséder des vêtements propres et de vraies chaussures. Je voyais des photos de jeunes gens hirsutes dans *La Dépêche*, j'entendais leurs cris à la radio où l'on parlait de voitures brûlées, de bâtiments saccagés, de destructions de toutes sortes et je leur en voulais de leur violence. C'est quand on est né sans rien, qu'on a manqué de tout, que l'on connaît vraiment le prix des choses, celui d'un morceau de savon comme celui d'une chemise neuve. Je n'avais pas de colère contre eux ; j'étais simplement malheureuse.

Puis, au fur et à mesure que les jours ont passé, que j'ai pris la peine de les écouter, ces jeunes qui allumaient des feux dans les rues, j'ai compris que cette violence cachait un désespoir dont on ne pouvait se rendre compte que dans les villes. Ce qu'elle voulait, cette jeunesse, c'était autre chose que la course à l'argent, la possession et la richesse. Elle voulait vivre une vraie vie : une vie différente de celle du travail qu'on ne choisit pas, celle qui fait passer le superflu pour l'essentiel, celle qui nous dissimule et contrarie notre vraie nature. Ce n'était pas elle qui parlait, cette pauvre jeunesse, c'était le sang qui coule dans ses veines, celui de ses ancêtres habitués à vivre au rythme du soleil, en accord avec le monde vivant, et capables de se pencher sur un brin d'herbe surgi entre les pierres. Elle entendait leur sagesse. Elle sentait que le monde basculait définitivement vers une vie folle, elle écoutait ses souvenirs enfouis, et elle se débattait avec l'énergie désespérée des moucherons qu'emporte au mois de mai le courant glacé des rivières.

11

PEU de temps après, le carrosse du monde s'est emballé. Tout s'est mis à changer très vite. Avec son instinct sûr et les excès de sa belle énergie, notre jeunesse avait compris que les digues d'une certaine manière de vivre étaient sur le point de céder. Les flots du modernisme ont tout emporté en quelques années, sans même nous laisser le temps de comprendre que nous ne verrions plus jamais ce que nous avions connu. Mon pauvre village ! C'est d'abord l'église qui a fermé, précédant de peu l'école. Le maréchal-ferrant est mort. Le forgeron un an plus tard. De tous les enfants qui étudiaient dans les villes, pas un n'a pris la succession de ses parents. La télévision leur avait appris la voiture, le confort ménager, les vacances à la neige ou à la mer, et toutes leurs forces s'étaient consumées au soleil du joli mois de mai. Ils ont voulu tout ça, et tout de suite. Il y a des rivières sur lesquelles aucun barrage ne tient ; ce sont celles dont le courant est trop fort, trop puissant, celles qui semblent pouvoir porter les bateaux bien au-delà des océans. Qui n'a jamais rêvé de prendre le large ? Même moi, cela m'est arrivé quelquefois. Alors pourquoi en voudrais-je à quelqu'un ? Et à qui ?

Philippe est entré en sixième au lycée à Paris. Je suis restée seule au village avec les plus entêtés, et nous avons essayé pendant un ou deux ans de maintenir en état ce qui pouvait l'être. Ainsi, avec le maire, nous avons organisé une ou deux fêtes votives, mais le bal s'y déroulait au son des guitares électriques et il fallait souvent appeler les gendarmes, car les jeunes s'y battaient à la sortie. J'exagère à peine. Personne ne voulait plus se dévouer pour la collectivité. La télévision commençait à retenir les gens chez eux. Sans nous en rendre compte, nous étions en train de devenir des vieux sur le bord d'une route où ne passait plus personne, riches seulement de nos brebis et de nos souvenirs. Moi aussi, d'une certaine manière, j'ai abdiqué : après avoir refusé plusieurs fois, j'ai fini par accepter la machine à laver que Françoise et Jean voulaient m'acheter. Pourtant, même si je ne leur ai jamais dit, j'ai continué à me rendre au lavoir une fois à l'automne, et une fois au printemps. Là, seule au bord de l'eau, j'écoutais les voix de mes compagnes disparues, le bruit mat du battoir sur les banchous, je regardais les libellules et les papillons, je guettais les charrettes sur la route qui demeurait déserte. Il m'arrivait aussi d'aller à la carrière abandonnée par le nouveau propriétaire, de m'asseoir sur les pierres, de fermer les yeux. Et c'étaient Florentin, Eloi et Fausto qui venaient s'asseoir près de moi, me parlaient des heures entières, m'attiraient vers eux. J'étais très malheureuse. Aussi ai-je compris très vite que cela ne pouvait pas durer et qu'il ne servait à rien de vivre avec le passé. Même si j'avais soixante-dix ans, je devais regarder devant moi et non pas derrière, entreprendre quelque chose, qui me permette d'aller vers les autres au lieu de me refermer sur moi.

Comme je lisais beaucoup, que je possédais quelques livres, l'idée m'est venue de monter une petite bibliothèque dont je m'occuperais, ce qui me mettrait en contact avec ceux du village et les inciterait à sortir de chez eux. Je suis donc allée voir le maire qui a trouvé mon idée excellente et m'a proposé un petit local dans la mairie pour entreposer mes livres. Ensuite, je suis passée dans toutes les maisons pour faire connaître les heures d'ouverture et donner tous les renseignements nécessaires. Françoise et Jean m'ont aidée, le maire m'a accordé un petit crédit pour acheter des livres, et ainsi s'est constituée l'une des premières bibliothèques rurales, qui rassemblait près de deux cents volumes. Je n'étais pas peu fière ! Tous les samedis et tous les mercredis, je recevais mes voisins et voisines et nous parlions de nos lectures, nous choisissions ensemble les suivantes, heureux de nous retrouver là, puisque nous ne pouvions nous retrouver ni à l'école, ni à l'église, ni devant le four banal depuis longtemps démoli. Pendant ces trop courtes heures, je sentais de nouveau battre nos cœurs comme avant, et je me disais que j'avais eu raison de ne pas renoncer.

Françoise et Jean m'avaient proposé plusieurs fois d'acheter un poste de télévision, notamment à l'occasion de mes soixante-dix ans, mais je n'ai jamais cédé : mes livres et mon poste de radio me suffisaient amplement pour meubler mes loisirs. Je crois qu'en acceptant la télévision j'aurais eu l'impression de trahir la vie que nous avions menée, Florentin et moi. Je sais aujourd'hui que c'était un peu ridicule, mais c'était ma manière à moi de lui être fidèle, de ne pas l'oublier.

Pourtant, deux ans plus tard, quand Françoise m'a invitée à la suivre, à l'occasion d'un voyage au Canada, chez les parents de son mari, j'ai accepté. Une voix me disait que ce serait mon premier grand voyage, et aussi le dernier. Et puis tout ce que j'avais lu ou entendu sur ce pays, ces grands lacs, ces forêts, me poussait à le connaître. De plus, j'avais envie de passer trois semaines avec Françoise et avec Philippe qui allait avoir treize ans. Basile, qui lui aussi se faisait vieux, a tout de même accepté de s'occuper des brebis pendant mon absence. Il m'a fallu demander un passeport, moi qui n'avais aucune idée de ce que cela pouvait être. Heureusement, Françoise s'est chargée des démarches. Au dernier moment, pourtant, comme si j'allais commettre une sorte de sacrilège, j'ai eu peur de partir.

Ces avions qui traversaient le ciel à une vitesse folle ne me disaient rien de bon. Comment une telle masse d'acier faisait-elle pour décoller du sol et tracer une route en plein ciel ? La veille de partir, je me suis traitée de folle et j'ai voulu tout annuler. Si j'avais eu le téléphone, c'est peut-être ce qui ce serait passé, mais heureusement je n'en ai rien fait. Je dis bien heureusement, car ce seul grand voyage de ma vie m'a donné une idée plus juste des hommes et des femmes de mon temps.

A l'aéroport, avant d'embarquer, quelle peur ! Il a fallu que ma fille, sur l'escalier, me pousse en avant. Ensuite, une fois dans l'avion, je me suis sentie un peu mieux : il m'a semblé que j'étais dans un de ces appartements des villes dont les fauteuils sont tellement confortables qu'on a tout de suite l'envie de s'y endormir. Ma peur s'est alors envolée, même pendant le décollage qui m'a seulement donné un petit peu mal au cœur. Je n'ai plus regretté d'être partie, surtout en sentant près de moi la présence de Françoise et de Philippe qui me manquait beaucoup depuis qu'il avait regagné Paris. J'étais pourtant un peu gênée par tout ce luxe, et mal à l'aise d'être servie ainsi par les hôtesses, moi qui avais été habituée à manger debout, comme toutes les femmes de la campagne. Tous ces gens bien vêtus et bien élevés qui m'entouraient m'intimidaient beaucoup, et je me faisais toute petite dans mon coin, tandis que sous moi défilaient les nuages et, par moments, scintillait l'étendue verte de l'océan. C'était une sensation inconnue, un peu folle, que de voler ainsi au-dessus de la terre, mais je ne trouvais pas ça désagréable. C'était un autre monde qui se dessinait autour de moi, un peu comme dans un rêve, mais aucun de mes rêves ne m'avait jamais permis de survoler les nuages.

A l'arrivée, après dix heures, ou presque, de voyage, je me suis retrouvée dans un univers étrange où l'heure n'était pas la même que la nôtre. Françoise m'a expliqué ce qu'était le décalage horaire, mais j'étais bien incapable de comprendre, tellement j'avais envie de dormir. Une voiture nous a conduits chez les beaux-parents de Françoise, devant leur maison du vieux Québec. Là, dès que je l'ai pu, je me suis réfugiée dans ma chambre où j'ai dormi pendant dix heures, moi qui pourtant perdais de plus en plus le sommeil.

Le surlendemain de notre arrivée, nous sommes allés visiter les plaines d'Abraham, le château Frontenac, la ville basse au fond du fleuve Saint-Laurent, et puis, les jours suivants, Montréal, l'église Notre-Dame, la place Jacques-Cartier, enfin les vieilles rues qui voisinent avec la ville moderne et ses gratte-ciel, dont la cime se perd dans les nuages. J'avais par moments l'impression d'avoir oublié en quelques jours tout ce que j'avais vécu auparavant, et je me sentais un peu coupable envers ceux qui étaient restés là-bas, dans le petit cimetière de Couzou, si loin de moi. Cette impression s'est accentuée au fur et à mesure que les jours ont passé, d'autant plus que nous n'avons pas cessé de voyager. Pourtant, tout ce que je découvrais me plaisait beaucoup, et les villes portaient des noms bien jolis, comme Trois-Rivières ou Chicoutimi. La vallée du Saint-Laurent, les îles perdues au milieu du fleuve et, plus au nord, les immenses étendues de lacs et de forêts peuplées d'animaux sauvages, m'ont donné une idée plus exacte de la beauté et de la grandeur du monde qui est le nôtre. Et j'ai été bien étonnée de découvrir que les gens parlaient là-bas une sorte de vieux français très proche du mien, qu'ils aimaient beaucoup la nature et vivaient de la même manière que nous. Certains, même, portaient un nom terminé par le son « ac », comme les villages du Quercy : Frontenac, Tadoussac ou Vitrac. Un soir, à Chicoutimi, les parents de Philippe nous ont fait connaître une famille dont les aïeux étaient originaires de Livernon, et nous avons parlé du causse jusqu'à une heure avancée de la nuit. J'ai ainsi pu vérifier ce que j'avais toujours pensé : c'est que tous les êtres vivants se ressemblent et qu'il y a des endroits dans le monde dont la beauté nous rend tout petits et pleins de reconnaissance pour celui qui les a créés. Ah ! ces forêts de sapins et d'épicéas, cette lumière du ciel le soir autour des lacs, et ces vieilles maisons des rives du Saint-Laurent ! Je n'ai jamais pu les oublier, si bien que le seul voyage que j'ai fait dans ma vie reste gravé dans ma mémoire comme un rêve qui aurait duré longtemps, très longtemps, jusqu'à devenir réalité.

De retour à Couzou, j'ai eu un peu de mal à me réhabituer, tellement mes collines me paraissaient petites en comparaison des immensités que j'avais découvertes. J'ai retrouvé ma maison, mes brebis, ma petite bibliothèque, ma solitude qui, soudain, m'est apparue aussi difficile à supporter qu'après la mort de Florentin. Cela n'a pas duré longtemps, car les grandes vacances sont arrivées et j'ai accueilli non pas un ou deux enfants, mais quatre : Philippe, Christelle, Elodie et Thierry. Du jour au lendemain, je n'ai pas eu une minute à moi : c'était des « Mémée Brebis » par-ci, « Mémée Brebis » par-là, des courses dans la maison, des disputes, des pleurs, des rires, des histoires à raconter, le soir, avant d'aller se coucher. Je les laissais libres d'aller et venir, je leur confiais la garde du troupeau, et pourtant je n'arrivais pas à faire face. Dame ! A soixante-quinze ans, je n'avais pas gagné en souplesse et en énergie ! Pourtant, même s'il m'arrivait de souhaiter la fin des vacances dans un moment de grande fatigue, je le regrettais aussitôt que je me retrouvais dans mon lit. En fin de compte, la rentrée scolaire arrivait plus vite que je ne le souhaitais, et les oiseaux s'envolaient. J'étais de nouveau seule dans un village de plus en plus désert, et dans lequel Basile venait de mourir. Des rares amis qui me restaient, peu avaient été aussi proches que lui, au temps de notre jeunesse avec Florentin. J'avais acquis la conviction que je ne reverrais plus jamais le village que j'aimais : il était mort comme Basile, comme tant d'autres, comme les bals sur la place, les fêtes des vendanges et les feux de Saint-Jean. Le temps avait déposé sur lui un grand voile de nuit et de silence, qui ne laissait vivants que les souvenirs.

Trois ou quatre années ont passé, rythmées par les saisons, les grandes vacances, les retrouvailles de Noël et de Pâques avec Françoise et Jean. Ma fille projetait un prochain voyage au Québec pour ramener Philippe voir ses grands-parents et m'avait bien sûr proposé de m'emmener de nouveau. Je m'en faisais à l'avance une fête. On était en janvier 1978. Depuis quelque temps je me sentais très fatiguée. Le moindre effort me laissait essoufflée et me contraignait à m'asseoir au coin du feu où je me pelotonnais sans parvenir à me réchauffer. Le 20 janvier, en allant me coucher, j'ai senti comme un choc sur la tête, et tout s'est brouillé devant mes yeux. A l'instant où mes jambes fléchissaient sous moi, j'ai essayé de me retenir à la porte, mais la douleur a été la plus forte et je suis tombée brutalement. Je me souviens aujourd'hui très bien de cette douleur dans la tête et de l'épais brouillard dans lequel je flottais en songeant vaguement que j'étais en train de mourir. Je suis restée étendue longtemps, très longtemps. A un moment il m'a semblé que je me détachais de mon corps et que je l'apercevais, inerte, sur le plancher. J'entendais comme un souffle de vent, parfois même des voix qui ne me paraissaient pas inconnues. J'étais dans une sorte de tunnel au bout duquel j'apercevais une lumière vive qui m'attirait. Elle a fini par s'éteindre et j'ai repris connaissance. Pourtant il m'a fallu un long moment avant de me rendre compte de ce qui m'arrivait. Je pouvais bouger les mains, les bras, mais pas les jambes. La tête me faisait très mal, mais ce n'était plus la même douleur qu'au moment où j'étais tombée. Elle était moins aiguë, plus sourde, et irradiait jusque dans mes épaules. Il m'était impossible d'ordonner mes pensées, de réfléchir. Je sentais le froid descendre sur moi, mais je n'avais pas peur. Quelque chose ou quelqu'un me protégeait. De temps en temps je voyais des milliers d'étoiles tourner au-dessus de moi et j'essayais de les attraper avec les mains. J'avais complètement perdu la notion du temps. Je me demandais s'il y avait quelques minutes ou plusieurs heures que j'étais allongée sur le plancher froid de la chambre. J'ai tenté de me redresser, mais je n'ai pas pu. Alors je me suis laissée aller et j'ai fini par perdre conscience, non sans avoir pensé sérieusement que je mourais.

J'ai rouvert les yeux des milliers d'années plus tard, et la première personne que j'ai aperçue, c'est ma fille Françoise. Puis, en tournant légèrement la tête, j'ai vu Jean et Isabelle qui me souriaient. J'étais très étonnée d'être vivante, mais tellement heureuse !

— Mon Dieu ! ai-je dit, qu'est-ce qui m'est arrivé ?

— Ne t'agite pas, m'a répondu Françoise, tout va bien.

— Où sommes-nous ?

— A Cahors, à l'hôpital.

Ils n'ont pas osé m'annoncer tout de suite la vérité, qui était en effet difficile à dire : j'avais eu une congestion cérébrale qui me laissait paralysée des membres inférieurs. Pauvre Françoise ! Elle a attendu d'être seule avec moi pour m'annoncer la nouvelle, et c'était elle qui pleurait, pas moi, qui ne réalisais pas encore ce qu'allait entraîner cette paralysie. J'ai eu le temps de l'apprendre depuis, même si ce jour-là, à force de mots tendres, ma fille a réussi à me rassurer avant de partir.

— Ne t'en fais pas, m'a-t-elle dit en essuyant ses yeux, je suis sûre que tu guériras très vite.

J'ai souri et je crois bien avoir répondu :

— Mais oui, tu peux partir tranquille.

La nuit qui a suivi, les larmes que j'avais retenues devant mes enfants se sont mises à couler jusqu'au matin, sans que je puisse rien faire pour les arrêter. J'ai essayé d'envisager l'existence cloîtrée d'une paralytique, moi qui ne vivais qu'au grand air, par monts et par vaux, mais je n'y suis pas parvenue. J'ai tenté alors de me convaincre que mon état était provisoire, que je devais faire confiance à Françoise et apprendre la patience, mais ça n'a pas été sans peine. J'ai beaucoup prié, les yeux mi-clos, dans la chambre que je partageais avec trois autres femmes, cherchant la meilleure position pour apercevoir les feuilles des arbres, déplaçant les mains pour sentir sur ma peau un rayon de soleil, regardant dans le ciel les nuages qui couraient vers mes collines. Ne pas se couper de la vie. Ne pas sombrer, pour que mes enfants et mes petits-enfants ne souffrent pas pour moi. Espérer comme je l'avais toujours fait, même dans les pires moments de ma vie. Voilà les idées auxquelles je m'accrochais de toutes mes forces malgré la promiscuité que j'avais du mal à supporter, l'humiliation des soins, la certitude, au fur et à mesure que les jours passaient, que mes pauvres jambes demeureraient mortes pour le restant de mes jours.

Les semaines ont passé. Trois. Quatre. Cinq. Jean et Isabelle venaient me voir tous les soirs, Françoise tous les dimanches. Elle ne me parlait plus de guérison et je sentais qu'elle était aussi malheureuse que moi. Il fallait quitter l'hôpital. Mais où aller ? Pour ne pas importuner mes enfants, j'avais plusieurs fois envisagé à voix haute d'aller dans une maison de retraite. Isabelle et Jean m'ont dit qu'il n'en était pas question : j'allais habiter avec eux, à Cahors, leur maison étant assez grande pour m'accueillir. Françoise était bien sûr au courant ; elle avait d'ailleurs insisté auprès de son frère, sachant que je n'accepterais jamais d'aller vivre avec elle à Paris. J'étais bien contente, mais je pensais à la maison construite par Florentin, à la jument, à mes brebis, et je m'en désolais. C'est alors que Jean m'a avoué un soir, tandis qu'il était seul avec moi dans la petite chambre d'où je guettais les coins de ciel bleu :

— Nous avons vendu la jument et les brebis.

Et, comme je ne répondais pas, rassemblant mes forces pour garder les yeux secs :

— Basile n'est plus là. On n'a pas pu faire autrement, tu comprends ?

J'ai hoché la tête. Bien sûr je comprenais, mais le plus difficile était d'accepter l'idée que je ne reviendrais plus jamais chez moi. J'ai souri et j'ai dit à Jean qui n'osait même plus me regarder :

— Vous avez bien fait. Je rachèterai quelques brebis quand je serai guérie.

Il a hoché la tête, m'a embrassée, puis il est parti, peut-être un peu moins malheureux que lorsqu'il était arrivé. Du moins l'ai-je espéré. Quant à moi, sans trop y croire, j'ai continué de demander au Bon Dieu de me rendre mes jambes et j'ai commencé à apprendre le maniement du fauteuil à roulettes dans les couloirs de l'hôpital, aidée par les infirmières qui veillaient sur moi depuis plus de cinq semaines.

Jean est venu me chercher un samedi. Il faisait beau, ce jour-là, et de sentir le vent sur mon visage, mais aussi d'autres parfums que celui de l'éther ou des médicaments, m'a donné l'impression de renaître. J'ai retrouvé des sensations que j'avais crues perdues à jamais, et l'espoir m'est revenu, soudain, tandis que la voiture de mon fils s'éloignait de l'hôpital, toutes fenêtres ouvertes.

La maison se trouve dans le vieux quartier, pas très loin des rives du Lot, et j'aperçois de ma fenêtre le mont Saint-Cyr et ses rocailles, qui me rappellent mes collines. Dès le début, j'ai essayé de me faire toute petite pour ne pas déranger les uns et les autres. Jean et sa femme m'ont donné la chambre la plus grande, près de la cuisine et de la salle de bains. C'est là que je vis, avec mes livres et mon transistor : un cadeau de Françoise à l'occasion de mon dernier anniversaire. La journée, quand mes petits-enfants sont à l'école, Jean et sa femme à leur travail, je reste seule et je pense à ma vie avec un peu de mélancolie, mais je suis heureuse quand même. Je regarde peu la télévision. Je rêve, j'écoute la musique et je suis émue, souvent, lorsque j'entends des chansons qui me rappellent le passé. L'une d'entre elles, dans les années quatre-vingt, m'émouvait beaucoup. C'était une jeune femme brune qui la chantait. Elle disait :

Voulez-vous danser, grand-mère
Voulez-vous danser, grand-père
Tout comme au bon vieux temps
Quand vous aviez vingt ans
Quels sont ceux qui se rappellent
Comme la vie était belle...

Oh oui ! que la vie était belle et qu'elles me manquent, les jambes de mes vingt ans ! Je n'ai jamais pu entendre cette chanson sans me retrouver sur la place du village, les jours de fête, en train de tourner une valse, dans le feu de l'été. Je n'ai jamais pu la fredonner sans qu'il me vienne des larmes dans les yeux. Suis-je bête ! De quoi pourrais-je me plaindre ? Je ne souffre pas. Mes petits-enfants, mon fils et ma belle-fille sont gentils avec moi. J'ai tout ce qu'il me faut, en somme, même du soleil. Et celui que je viens boire aux beaux jours, sur cette place, a le pouvoir de réchauffer mes jambes aussi bien que mon cœur.

Il m'a bien fallu trois mois pour accepter mon sort, mais j'y suis arrivée. Ma vie, en changeant, m'a obligée à changer. Mon univers s'est rétréci, et, au lieu de voir loin, j'ai appris à mieux regarder autour de moi. J'ai découvert ainsi autre chose : des secrets que je n'avais pas su percer auparavant. Je connais mieux désormais ce que je ne savais pas distinguer du temps où je courais sur les chemins : je veux parler de l'ombre, du soleil, des couleurs, des objets que je touche. Je vis de petits bonheurs : je caresse un arbre, j'en éprouve le grain, sa rugosité comme sa douceur, je le connais mieux. Je perçois davantage les petits filets de parfums auxquels, avant, je ne prenais pas garde. Un rien me fait profit. Je sais que je vis mieux que je ne vivais, puisque je sens mieux la vie. Tenez ! Sentez-vous cette odeur qui vient de passer, là, à la seconde, portée par un souffle de vent ? C'est l'odeur des rocailles chaudes du mont Saint-Cyr, celle aussi de mes collines qui me paraissent ainsi moins lointaines. Comme quoi il suffit d'une odeur, d'un mot, d'un air de musique pour faire vibrer en nous cette fibre qui est sans doute ce que nous avons de plus important, pour peu que nous sachions l'écouter. C'est de cette manière que j'ai fini par trouver dans la paralysie une source de bonheur supplémentaire. Peut-être que c'était aussi ce que voulait le Bon Dieu, et j'ai réussi à le comprendre.

La première fois que je suis revenue à Couzou, c'était en avril 80 ou 81. J'avais tellement supplié mon fils de m'y emmener qu'il a fini par accepter. Je m'étais préparée à souffrir, mais je n'aurais jamais imaginé que ce soit si douloureux. Quand j'ai poussé la porte de ma maison, tout ce que j'avais laissé là-bas m'a subitement envahie de la tête aux pieds. Le choc a été si violent que je me suis évanouie. Jean m'a réveillée avec de l'eau froide et m'a reproché d'avoir insisté pour venir, mais j'ai fait comme si je n'entendais pas. Je suis passée dans les chambres où flottait la même odeur de lavande, je me suis approchée du cantou où je croyais deviner l'ombre de Florentin et d'Eloi, j'ai ouvert le tiroir de la table qui me servait de huche à pain, le buffet bas, le saloir, puis j'ai dû ressortir, tellement mon cœur cognait dans ma poitrine. Mais dehors, j'ai revu mes enfants en train de jouer, la porte de la bergerie qui, me semblait-il, allait s'ouvrir à chaque instant ; le petit jardin envahi par les herbes, le clapier des lapins, le banc de pierre où j'aimais m'asseoir, les nuits d'été, et ç'a été plus terrible encore. J'ai fait rouler mon fauteuil jusque sur la route, le temps de laisser mon cœur se calmer. Jean était très inquiet et voulait repartir tout de suite. Je ne l'ai pas écouté. Je me suis éloignée sur la route en direction de l'église, et je suis restée un long moment sur la place déserte à regarder frémir les feuilles des arbres et à écouter une musique qui me parlait de ma jeunesse perdue. Ensuite, je suis allée au cimetière et j'ai prié un long moment devant la tombe d'Eloi et de Florentin. Jean m'attendait devant les grilles. Il avait compris que j'avais besoin d'être seule. Il a posé les mains sur mes épaules et m'a dit :

— Viens ! Tu ne crois pas que tu t'es fait assez de mal comme ça ?

Nous sommes repartis par la route de la carrière (qui était envahie par les ronces), puis nous avons fait un petit détour dans la vallée de l'Ouysse pour passer au lavoir. On avait enlevé le toit ; il ne restait plus que la murette de ciment qui commandait l'entrée et la sortie de l'eau, et quelques libellules. Je me suis rendu compte, alors, que je n'avais rencontré personne dans les rues du village. J'en ai fait la remarque à mon fils qui m'a expliqué que le village n'était plus guère habité que pendant les vacances et que les vieux qui y demeuraient ne sortaient guère de chez eux. « A quoi bon ces pèlerinages ? » me disais-je dans la voiture, mais je savais que, malgré ma souffrance, je ne pourrais jamais me passer de revenir à Couzou.

Une fois à Cahors, pourtant, je suis tombée malade. Forte fièvre et vomissements. Françoise, qui se trouvait à Cahors ce jour-là, m'a dit que l'émotion avait été trop forte et qu'il ne fallait plus revenir au village. J'avais tellement mal que j'ai envisagé sérieusement de vendre la maison. Jean a même entrepris les démarches auprès d'un agent d'affaires, qui a rapidement trouvé un acquéreur. Au dernier moment, pourtant, en me souvenant du jour où nous y étions entrés, Florentin et moi, après y avoir transporté les quelques meubles entassés sur la charrette, je n'ai pas pu m'y résoudre. J'ai revu notre premier repas, notre première nuit, j'ai revécu tous ces moments partagés avec les enfants, Florentin, Fausto et Eléonore, et j'ai compris que si je vendais j'allais les perdre définitivement. Françoise et Jean ont bien voulu la garder à condition que je ne demande pas à y revenir trop souvent. Désormais, j'attends l'occasion en y pensant plusieurs jours à l'avance, mais je n'en parle pas.

Florent, mon petit-fils aîné qui, à vingt-quatre ans, est étudiant à Toulouse, vient d'avoir un enfant sans être marié. Il paraît qu'aujourd'hui c'est normal. Me voilà donc arrière-grand-mère et contente de l'être. Avec son « amie », comme il dit, il revient souvent à Cahors et j'ai plaisir à garder leur petit quand ils sortent, à le bercer dans mes bras, à lui chanter les mêmes antiennes que me chantait Augustine, là-bas, au Mas del Pech, il y a si longtemps. L'amie de mon petit-fils s'appelle Vanessa. Elle est brune et fine comme un roseau, rieuse et insouciante, se moque du mariage.

— Pourquoi donc, ma fille ? je lui demande quelquefois.

— Parce que je l'aime, et que c'est encore plus beau d'aimer quand on est libre.

Que répondre à cela ? Elle aussi m'appelle « Mémée Brebis », m'embrasse, comme les autres, avec la même affection. Quelquefois, je lui parle de mon temps, de ma vie, et je me rends bien compte qu'elle ne m'écoute que par gentillesse, pressée qu'elle est d'aller s'amuser, avec la fougue de sa jeunesse. J'ai l'impression alors d'être devenue une vieille radoteuse qui ne sait parler que du passé, et je mets de côté mon jardin secret dans lequel j'essaie de me promener seule.

Philippe, le fils de Françoise, étudie la médecine à Paris. Françoise vient maintenant régulièrement en avion. Christelle, la fille de Jean, travaille à Cahors dans l'informatique ; Elodie travaille, elle, à Toulouse dans la publicité ; Thierry, qui a dix-neuf ans mais n'aime pas beaucoup l'école, va passer le bac avec un an de retard et partir lui aussi. C'est lui ou Christelle qui m'aident à descendre mon fauteuil et m'accompagnent aux beaux jours sur cette place où je prends le soleil en profitant du temps qu'il me reste à vivre. Aucun de mes petits-enfants ne m'a jamais manqué de respect. Ils sont aussi proches de moi que de leurs parents, et nous avons grand plaisir à nous retrouver, chaque fois que nous le pouvons.

Au dernier Noël, tous m'ont fait un cadeau merveilleux : nous l'avons passé dans la maison de Couzou où nous avons réveillonné, chanté, et distribué nos cadeaux jusqu'à trois heures du matin. Françoise et Jean avaient apporté un sapin, des guirlandes et des lits de camp pour que chacun puisse dormir. Quand j'ai été couchée dans ma chambre retrouvée, cette nuit-là, j'ai rêvé que je dansais.

12

VOILA ma vie. Je me demande bien pourquoi j'ai accepté de vous la raconter chaque jour, sur cette placette inondée de soleil, surtout si c'est pour en faire un livre, comme vous en avez l'intention. Que peut-on avoir d'important à dire à quatre-vingt-trois ans ? Tant pis, c'est fait. Mais qu'au moins on comprenne bien que cette vie a été heureuse et qu'elle l'est encore. De toutes ces journées, ces événements, ces rires et ces larmes, il me reste le souvenir de moments merveilleux que je savoure comme un beau fruit tiède et sucré.

Je me souviens de ce matin de mai, à Fontanes — j'avais huit ou neuf ans — où, dans l'aube tendre, le soleil a sauté par-dessus les collines en un bond de cabri. Je descendais le *raidillou* qui plongeait vers la combe, mes brebis devant moi, perdue dans mes pensées d'enfant encore alanguie des douceurs du sommeil. Soudain tout s'est illuminé : le ciel, les arbres, les pierres, les toiles d'araignées suspendues dans les cheveux des genévriers. En même temps, une odeur de laurier sauvage, d'écorce et de mousse s'est levée devant moi. Les brebis se sont arrêtées, comme à l'approche d'un étranger ou d'une bête dans les ronciers. Je me suis arrêtée aussi, et il m'a semblé que le temps faisait comme moi. Cela a duré une minute, peut-être deux, et je me suis sentie légère comme une goutte de rosée, tandis que le parfum des lauriers sauvages coulait au fond de moi comme une gorgée de miel. Puis le vent s'est levé, les brebis ont repris leur route et le monde s'est remis à tourner dans la lumière neuve du matin...

Je me souviens d'une nuit de juin chaude et odorante comme une confiture dans un chaudron. Elle était sombre au niveau du sol, mais lumineuse dès qu'on levait les yeux. C'était à Couzou, et je devais avoir trente ans. J'étais allongée sur une couverture devant la maison, les enfants contre moi. Florentin était assis tout près, sur le banc de pierre, et ne parlait pas. Je sentais son regard sur moi, aussi chaud que la peau de mes enfants endormis. Des chauves-souris passaient et repassaient au-dessus de nous, dans un bruit de pluie sur des feuilles. Le vent de nuit nous arrivait par vagues, apportant chaque fois un parfum différent. Des renards en train de chasser un lièvre s'appelaient dans une combe lointaine. Venue de la vallée, une odeur de luzerne a embaumé la nuit, puis est arrivé un parfum de blé mûr, porté par ce vent tiède et lourd qui se levait sans doute des rives de la Dordogne, très loin, au-delà des collines. J'étais allongée face au ciel, la tête de mes enfants reposant sur mon ventre, et je rêvais à la vie qui nous attendait, au bonheur d'être là réunis. Et tout à coup le ciel s'est illuminé d'une traînée blanche qui a embrasé les collines, sur l'horizon entier. Je me suis demandé si je n'avais pas rêvé. Les enfants, eux, n'avaient rien vu, mais Florentin, si. Je l'ai compris quand il est venu vers moi et s'est assis en frissonnant. Je me suis alors sentie toute petite dans le vaste univers, mais en même temps protégée par une puissance au pouvoir merveilleux qui, cette nuit-là, veillait sur nous.

Je me souviens aussi d'un hiver où le givre s'était posé sur les arbres, les maisons, les routes et, comme le brouillard empêchait le soleil de sortir, ne fondait plus, même l'après-midi. Le causse entier resplendissait comme un lustre d'église. Dans le jardin, je restais de longues minutes à contempler les étoiles de givre finement ciselées par la main du Bon Dieu. Je Le sentais là, près de moi, aussi présent dans l'infiniment petit qu'Il l'était dans l'infiniment grand. Mais ce n'était pas seulement la beauté des arabesques blanches qui me Le rendait familier. Non, c'était surtout le sentiment de me trouver face à son immense générosité, car Il ne nous mesure rien, même pas ce qui peut nous paraître inutile. Si ce n'était dans le jardin, je ne cessais d'aller et venir sur la route, dans les grèzes, dans les combes, pour le plaisir de passer sous des branches de diamant. Pendant huit jours, cet hiver-là, la féerie et le rêve étaient devenus réalité.

Il y a eu aussi cette promenade avec Augustine, un jour d'été, loin du Mas del Pech. Cet après-midi-là, il n'y avait pas un bruit, pas un souffle de vent. Nous étions entrées sous le couvert des bois pour ne pas avoir trop chaud, mais il n'y avait rien à faire pour échapper à l'haleine de four qui courait sur le causse. Nous sommes descendues au creux d'une combe où poussaient quelques maigres genévriers et un sorbier. Nous nous sommes allongées sous cet arbre, et tout de suite une fraîcheur heureuse s'est posée sur nous. Cette ombre maigre était comme une île créée pour nous recevoir, nous accueillir. Je me suis assoupie un moment et, quand je me suis réveillée, Augustine dormait. Je me suis penchée sur elle et je l'ai regardée longtemps, surprise par cette fragilité que retrouvent les grandes personnes dans le sommeil. Des gouttes de sueur perlaient sur son front. Elle sentait la violette. Elle a cessé de respirer et j'ai eu l'impression qu'elle était morte. Comme nous étions loin du village, loin des fermes et des mas, je me suis sentie perdue, seule au monde, et jamais, depuis ce jour, je n'ai retrouvé pareille sensation de solitude.

Il y a eu aussi ce Noël blanc des années trente que nous avons passé seuls avec nos enfants en bas âge. Florentin avait fabriqué pour chacun un jouet que j'avais placé entre leurs sabots, près de la cheminée. Je ne sais pourquoi, nous étions seuls, cet hiver-là, face à face de chaque côté du foyer, et les enfants dormaient. J'ai épluché une orange — j'avais pu en acheter cinq : une pour chacun — et j'ai laissé tomber la peau sur les braises. Aussitôt, une odeur chaude et sucrée s'est répandue dans la cuisine, enivrante comme une fumée d'encens. On entendait la neige durcir sous le gel, le vent du nord se battre contre les murs. Le regard de Florentin plongeait en moi, et moi je pouvais lire au fond de lui. Nous étions si proches, si étroitement unis, que j'avais l'impression d'être lui, de ne faire avec lui qu'une seule et même personne. Depuis cette nuit-là, chaque fois que je sens une odeur d'orange brûlée, je suis sûre qu'il est près de moi.

Je me souviens aussi d'une bergerie perdue dans la neige en 1915. Pris dans une bourrasque au cours d'une promenade, nous nous y étions réfugiés et, serrés dans la paille pour nous réchauffer, nous écoutions le vent gémir dans la lucarne. Ce devait être un dimanche, puisque Florentin sentait le savon et les vêtements propres : le parfum du repos après le travail. Je me souviens du goût délicieusement sucré d'une pêche de vigne que j'ai mangée, un lointain mois d'août, derrière mes brebis, et qui a éclaté dans ma bouche comme un soleil. Je me souviens d'une violente odeur de corne brûlée, un après-midi de printemps où le maréchal-ferrant s'occupait d'une jument grise, tandis que je passais pour me rendre à l'église. Je me souviens du sourire fragile de ma mère, d'un érable rouge au Canada, d'une grappe de raisin écrasée dans ma main un matin d'octobre, de la gaufre que j'ai mangée un jour de foire à Gramat sous une pluie d'orage, d'une truite égarée dans le lavoir de l'Ouysse et que j'avais prise à la main, du regard sombre et fier d'une vieille femme que j'avais guérie d'une grave brûlure, d'un accordéoniste brun lors d'un bal avant la guerre, du goût de la viande confite le soir du retour de Florentin en 1918, du ratafia que l'on buvait dans l'auberge d'Albertine, à Fontanes, de la saveur du pain que je rapportais du four, des figues trouvées devant ma porte quand nous n'avions presque rien à manger, d'un jambon délicieux lors d'un repas de vendanges, de l'odeur de la bergerie au Mas del Pech, de celle de mon premier plumier verni... Je me souviens surtout de mon enfance, tant il est vrai que c'est toujours l'enfant, quoi que l'on fasse, qui finit par gagner le combat.

Tous ces trésors accumulés au cours de ces années lointaines viennent vers moi sans que je les appelle, et chaque fois mon bonheur est plus grand. Je sais qu'il ressemble à celui qui m'attend quand le Bon Dieu m'aura rappelée près de Lui. Celui qu'apporte la certitude de savoir que rien n'est oublié et que rien n'est perdu. Oui ! Je sais aujourd'hui, à force de regarder à l'intérieur de moi, que l'émotion de la musique, de la charité faite aux autres, l'émotion des souvenirs, d'un morceau de vie arraché au temps, c'est moi, c'est nous, ce que nous sommes vraiment et avant tout : c'est notre âme éternelle. Mais qui se rappelle cela aujourd'hui ? Qui connaît les vrais chemins de la vie ? Sûrement pas ceux qui s'entassent dans les immeubles géants des grandes villes, sans jardin, sans lumière, sans même se regarder ni se dire bonjour. Ils ont peur les uns des autres. Ils ont peur de tout. Comme il est loin, le temps où l'on accueillait le moindre visiteur par ces quelques mots :

— Finissez d'entrer !

On le faisait asseoir, on lui versait un peu de vin et on parlait. De tout. De rien. Pour le seul plaisir de parler. De partager. Comme il est loin, le temps où l'on savait se contenter d'un morceau de pain et de fromage ! Aujourd'hui, la majorité des gens ne se bat pas pour l'essentiel, le droit de vivre ou de manger, mais pour le superflu : le troisième poste de télévision, la résidence secondaire ou la dernière voiture à la mode. La course dans laquelle nous sommes engagés a éteint notre mémoire et par là même notre sagesse. Aujourd'hui, les vieux ne meurent plus dans leur famille, mais seuls, dans des hospices où ils se consument à petit feu, sans la moindre joie, pressés de disparaître pour ne plus être à charge. Personne, auparavant, n'avait jamais rejeté les vieillards. Ils mouraient dans leur lit, entourés par les leurs, assurés de l'affection de tous. Que s'est-il passé ? Simplement que les gens n'ont plus le temps ni la force de regarder à côté d'eux, attirés qu'ils sont tous par les faux brillants de l'aisance matérielle. Nous avons oublié que nous sommes au monde pour aider le monde. Aider et aimer tout ce qui vit, tout ce qui souffre, comme nous, sur ce navire pris dans la tempête qui lui cache souvent la lumière du port. Ceux qui ont tant d'orgueil, tant de dérisoire puissance, devraient se pencher davantage sur ces herbes qui poussent entre les pierres ou sur ces fossiles vieux de dix millions d'années. Ils leur donneraient une idée plus exacte de leur importance dans un univers qui pourrait si bien se passer d'eux. Oui ! Regarder en soi et regarder les autres : voilà ce que j'aurais essayé d'apprendre aux enfants, si j'avais été maîtresse d'école.

Mais je ne veux pas laisser croire que je ne pense qu'au passé, que je refuse le progrès. Non, ce n'est pas cela. Je sais que le modernisme et les nouvelles techniques ont permis la découverte de médicaments et de vaccins qui sauvent des millions d'enfants. J'ai découvert aussi que les avions permettent, grâce au voyage, d'aller vers les autres, d'apprendre, de s'augmenter. Car je n'ai pas oublié le Canada, les grands lacs, les forêts, ces hommes et ces femmes si chaleureux que je n'aurais jamais pu rencontrer sans ces merveilleuses machines. Et même si j'ai pu paraître parfois un peu pessimiste, je tiens à ce que l'on sache une chose : c'est que malgré la bombe atomique, malgré les famines, malgré la violence qui règne dans les villes gigantesques, je suis quand même certaine que le plus beau est à venir. Je crois profondément que ceux qui ont su créer des avions et des fusées seront assez intelligents pour s'entendre et vivre dans la paix. Un jour viendra où les gens s'aimeront, où les enfants mangeront à leur faim. Il y faudra du temps, beaucoup de temps, mais j'ai confiance.

Quant à moi, de quoi me plaindrais-je ? Que représentent mes petites misères par rapport aux malheurs qui ravagent le monde ? Je ne vis pas dans un hospice, moi, je mange à ma faim, j'écoute de la musique, je lis, je suis entourée par des êtres qui m'aiment et pour qui je n'ai pas l'impression d'être un fardeau. Jamais je n'aurais espéré une fin de vie si paisible et si riche. Ne plus marcher m'a fait découvrir tant de beauté cachée ! J'ai appris à me débrouiller seule, à me suffire malgré les contraintes que m'imposent mes jambes. Je suis capable de me hisser de mon lit sur mon fauteuil, d'aller chaque matin ouvrir ma fenêtre, d'où j'aperçois le mont Saint-Cyr et ses rocailles. Ensuite, je fais seule une longue toilette puis je déjeune d'un fruit et d'un café. Ce qui me manque, alors, c'est le parfum des cendres tièdes et du bois de chêne qui, à Couzou, était mon premier plaisir. Raï ! Il en est d'autres, dans la cuisine, avec qui je fais désormais amitié. Ensuite, je prépare le petit déjeuner pour tout le monde et je regagne ma chambre pour ne gêner personne. Ils viennent tous m'embrasser avant de partir à leur travail ou à l'école.

Quand je suis seule de nouveau, je m'occupe du repas de midi pour qu'Isabelle n'ait plus qu'à le faire réchauffer en arrivant. C'est ma façon de me rendre utile et de payer mon écot. Musique. Lecture. Je regarde, j'écoute, je fais provision de tout, du moindre bruit, du moindre changement de ciel, du moindre visage aperçu dans la rue. Je profite de tout, sans hâte, mais en connaissant le prix de ces minutes qui passent et ne reviendront pas. Et dès que les beaux jours arrivent, l'après-midi, l'un de mes petits-enfants, Thierry ou Christelle, m'aide à descendre et, parfois, m'accompagne pour de longues promenades sur les rives du Lot. Lorsqu'ils n'ont pas le temps, ils me laissent sur cette petite place si chaude et si vivante où chaque visage est rencontre.

Ce matin j'ai reçu une lettre de Françoise qui me demande la permission de faire agrandir et arranger la maison de Couzou, afin d'y passer ses vacances avec moi et ceux qui le souhaiteront, chaque été. Vous pensez si je la lui ai donnée, cette permission ! D'ailleurs, cette maison est aussi bien à mes enfants qu'à moi, et c'est à eux désormais de décider qu'en faire. Il me tarde déjà d'être à l'été prochain pour passer avec eux des journées qui, je le sais d'avance, seront merveilleuses. Nous irons sur les routes, dans les bois et les grèzes, je retrouverai l'odeur des brebis et je pourrai m'étourdir de ciel bleu. Que me reste-t-il à espérer ? De quoi pourrais-je avoir envie ? De rien, certes. Et pourtant si, je peux bien vous le dire, puisque nous nous connaissons maintenant suffisamment : je voudrais me mêler à ces fillettes qui font une ronde, là-bas, de l'autre côté de la place, et qui chantent avec tant d'entrain. De les entendre me donne envie de danser et de chanter moi aussi une chanson qui dirait à peu près ceci : « Pour le soleil dans les feuillages, pour ce goût de pêche dans ma bouche, pour la main de mon petit-fils sur mon épaule, pour les pierres blondes des maisons, pour ce ciel de myosotis, pour cette odeur de cierge qui passe, pour les reflets d'argent de la rivière que j'aperçois entre les murs, pour ce coin d'ombre fraîche qui sent la figue mûre, pour la caresse du vent dans mes cheveux, pour la minute qui vient, pour la vie devant moi, merci ! Merci ! »

Marie est morte deux ans après que j'ai eu fait sa connaissance, sur la petite place où il faisait si bon, ce mois de juillet-là. Prévenu par son fils, je n'ai pas voulu aller la voir sur son lit où elle venait de s'endormir de son dernier sommeil, ni assister à son enterrement. Ainsi j'ai pu garder intacts dans ma mémoire ses yeux espiègles et son sourire d'enfant ; me souvenir de sa voix fraîche et gaie avec laquelle elle m'a raconté tout ce que je viens d'écrire dans ce livre. Je pense souvent qu'elle a rejoint Eloi et Florentin non pas dans le petit cimetière de son village, mais à l'endroit où elle se savait attendue et espérée par eux. C'est un lieu protégé où il y a des enfants, une maison de pierre, une vigne, un lavoir, des brebis, une église, une forge, une école et une charrette tirée par une jument sur laquelle Florentin l'emmène au bal, parfois, dans les étoiles — car de nouveau elle peut danser.

Christian Signol

Brive, le 19 avril 1989.

Une partie des droits d'auteur perçus par Christian Signol est versée à l'association « Les Enfants de la Terre ». Cette association, créée par Yannick Noah, et dont l'adresse est : B.P. 30, 78860 Saint-Nom-La-Bretèche, a pour but de venir en aide aux enfants malades et nécessiteux partout dans le monde. Elle n'est animée que par des bénévoles. Les programmes qu'elle développe sont suivis jusque sur le terrain. Si vous donnez 100 francs à l'équipe de Yannick, vous rendrez heureux un enfant de la terre.

CHRISTIAN SIGNOL

MARIE-CLAIRE NOAH

Une partie des droits d'auteur perçus par Christian Signol est versée à l'association « Les Enfants de la Terre ». Cette association, créée par Yannick Noah, et dont l'adresse est : B.P. 30, [illegible] Saint-Germain-en-Laye, a pour but de venir en aide aux enfants malades et défavorisés partout dans le monde. Elle n'est animée que par des bénévoles. Les programmes qu'elle développe sont suivis presque sur le terrain. Si vous donnez 100 francs à l'ordre de [illegible], vous rendrez heureux un enfant de la terre.

CHRISTIAN SIGNOL

MARIE-CLAIRE NOAH

Achevé d'imprimer en octobre 1994
sur les presses de l'Imprimerie Bussière
à Saint-Amand (Cher)

POCKET - 12, avenue d'Italie - 75627 Paris Cedex 13
Tél. : 44-16-05-00

— N° d'imp. 2667. —
Dépôt légal : avril 1991.

Imprimé en France